中国公安文学精品文库（1949-2019）

诗歌卷

全国公安文联 编

群众出版社
·北京·

图书在版编目（CIP）数据

中国公安文学精品文库（1949—2019）诗歌卷/ 全国公安文联编. —北京：群众出版社，2019. 11
ISBN 978 - 7 - 5014 - 5942 - 1

Ⅰ. ①中… Ⅱ. ①全… Ⅲ. ①中国文学—当代文学—作品综合集②诗集—中国—当代 Ⅳ. ①I217. 1

中国版本图书馆 CIP 数据核字（2019）第 247336 号

中国公安文学精品文库（1949—2019）
诗歌卷
全国公安文联　编

出版发行：群众出版社
地　　址：北京市丰台区方庄芳星园三区 15 号楼
邮政编码：100078
经　　销：新华书店
印　　刷：北京市科星印刷有限责任公司
版　　次：2019 年 11 月第 1 版
印　　次：2019 年 11 月第 1 次
印　　张：10
开　　本：880 毫米 × 1230 毫米　1/32
字　　数：168 千字
书　　号：ISBN 978 - 7 - 5014 - 5942 - 1
定　　价：60. 00 元
网　　址：www. qzcbs. com
电子邮箱：843195700@ qq. com

营销中心电话：010 - 83903254
读者服务部电话（门市）：010 - 83903257
警官读者俱乐部电话（网购、邮购）：010 - 83903253
文艺分社电话：010 - 83901730　　010 - 83903973

庆祝新中国成立 70 周年献礼丛书

《中国公安文学精品文库（1949—2019）》
编审委员会

诗歌卷

主　编：

　　高洪波　中国作家协会副主席

副主编：

　　李炳天　全国公安文联创作室主任

　　谢先云　群众出版社原副总编辑

　　萧晓红　中国人民公安出版社编审

　　许　敏　全国公安文联诗歌分会副主席

　　逯春生　全国公安文联诗歌分会副主席

前　言

　　为贯彻落实党的十九大精神和习近平总书记在文艺工作座谈会、全国宣传思想工作会议上的讲话等系列重要讲话精神，隆重庆祝新中国成立70周年；落实公安部领导关于发展繁荣公安文学的指示精神，集中展现中国公安文学的发展轨迹，荟萃70年以来我国公安文学的优秀创作成果，讲好警察故事，发好公安声音，树好警察形象，切实履行中国公安文学肩负的新时代使命，全国公安文联、中国人民公安出版社经认真研究，决定编纂、出版新中国成立70周年献礼丛书——《中国公安文学精品文库（1949—2019）》。本套丛书编纂的指导思想和主要目的为：以习近平新

1

时代中国特色社会主义思想为指导，积极推出讴歌党、讴歌祖国、讴歌人民、讴歌英雄的公安文学精品力作。

2019 年 5 月 9 日，全国公安文联向各省、自治区、直辖市公安文联，新疆生产建设兵团公安文联，铁路公安文联发出《关于开展〈中国公安文学精品文库（1949—2019）〉征集编纂工作的通知》（公文联〔2019〕35 号）。通知要求，征稿内容为：1949 年 10 月 1 日新中国成立后至 2019 年全国各地公开出版、发表的公安题材长篇小说、中篇小说、短篇小说、纪实文学和散文、诗歌作品。通知确定所征集作品分长篇小说卷、中篇小说卷、短篇小说卷、纪实文学卷、散文卷、诗歌卷六大部分，由群众出版社分卷出版。为确保此项重点图书编纂工作顺利进行，经全国公安文联王俭主席批准，成立了《中国公安文学精品文库（1949—2019）》编审委员会。

根据全国公安文联〔2019〕35 号《通知》精神，在作品征集过程中，编委会共收到全国各地公安文联推荐和作者自荐、专家推荐作品 2668 部（篇、首）。中国人民公安出版社组织编辑力量对所有征集作品，按照长篇小说、中篇小说、短篇小说、纪实文学、散文、诗歌六类进行了初选归类。

7 月 2 日，全国公安文联召开了《中国公安文学精品文库（1949—2019）》第一次编纂工作会议。会议确定了文库的选编原则、目标和要求。选编原则为：坚持文学性、时代性、权威性、历史性、文献性的有机统一。选编目标为：凡入选作品的思想性和艺术性，一是要经得起历史检验，值得传世；二是要公认有影响力，确能服众。选编要求为：一是真正的好作品不能遗漏；二是代表性的作家不能缺席；三是公安战线重大事件的文学反映不能忽略。

7 月 11 日，为贯彻好文库的选编原则、目标和要求，全国公安文联批准组成《中国公安文学精品文库》各分卷工作班子，明确各分卷工作班子由文库编审委员会成员牵头负责，由全国公安文联选派同志与出版社责任编辑组成，分工负责文库的各卷选编工作。

7月12日，编审委员会顾问张策、副主任李国强、编委易孟林与负责《中国公安文学精品文库（1949—2019）》的长篇小说卷、中篇小说卷、短篇小说卷、纪实文学卷、散文卷、诗歌卷的责任编辑，就编纂工作的重点和难点分别进行了指导和交流。

7月23日，编审委员会主任、全国公安文联主席王俭亲自听取张策、易孟林关于《中国公安文学精品文库》编纂工作进展情况的汇报。王俭主席要求，一定要把这套向新中国成立70周年的献礼图书编纂好。他特别强调，这套献礼图书成功的关键在于选出来的作品的确是公认的质量高的好作品。各卷主编、副主编务必负起责任来，真正把高质量的作品选出来。

7月29日，第二次编纂工作会议召开，通过了《〈中国公安文学精品文库（1949—2019）〉编纂体例说明》。

8月27日，第三次编纂工作会议召开，初步通过了《中国公安文学精品文库（1949—2019）》的基本入选篇目。

在作品征集、选编过程中，各卷负责人根据编审委员会历次会议要求，从认真阅读每一部作品入手，结合各个时期作品的获奖、评论、报刊转载、改编影视等情况，对前期初选归类的各卷篇目进行了多次调整，加班加点，任劳任怨，以对公安文学高度负责的历史责任感，反复研究、论证，最终形成了长篇小说卷4卷，共收录4位作者的4部作品；中篇小说卷4卷，共收录29位作者的28篇作品；短篇小说卷3卷，共收录60位作者的59篇作品；纪实文学卷3卷，共收录52位作者的50篇作品；散文卷1卷，共收录70位作者的70篇作品；诗歌卷1卷，共收录79位作者的100首作品。全套丛书共计 16 卷，收录 294 位作者的 311 部（篇、首）作品，总计 528 万字。各卷收录作品均按发表、出版时间排序，且在文末附有作者简介。在长篇小说卷四和纪实文学卷三附录有"长篇小说存目"和"长篇纪实文学存目"，对本套丛书编选过程中征集到的比较优秀的公安题材长篇小说、长篇纪实文学予以存目，列有作品名称、作者、出版社和出版时间，以备公安文学爱好者、研究者查览。

需要特别说明的是，本套丛书的编纂，得到了公安部新闻宣传局和全国各地公安文联的大力支持，也得到了全国各地作家，尤其是公安作家的积极响应，推荐、自荐了多部（篇、首）优秀公安文学作品。在本套丛书的编纂过程中，编委会全体成员，包括各卷主编、副主编本着对公安文学高度负责的精神，秉承公正、严谨的态度和编纂原则，认真对待征集到的所有作品，最终经编委会和各卷主编、副主编集体研究确定了各卷入选篇目。但由于本套丛书只有 16 卷（原计划出版 30 卷），卷帙有限，现有收录作品一定会有遗珠之憾，希望能够得到各位相关作家的理解和包容！同时也衷心希望有更多的作家切实增强并践行"四力"，积极深入警营，扎根生活，倾心于公安文学创作，不断推出更多更优秀的坚持"四个讴歌"，无愧于我们这个伟大时代的公安文学精品力作，讲好警察故事，树好警察形象，共同推动、促进公安文学的大发展和大繁荣！

我们衷心期待，通过编纂出版这套大型文库，能够将中国公安文学的发展脉络清晰地呈现出来，以公安文学的力量，服务于公安现实斗争，服务于公安队伍建设，为平安中国、法治中国建设作出新贡献。

《中国公安文学精品文库（1949—2019）》编审委员会
2019 年 10 月 9 日

目 录

歌颂人民共和国国旗

白孟祥

国旗，国旗，千百万革命将士流尽鲜血都为了你。你号召全国人民团结在一起。

你的容颜光辉无比！中国从帝国主义的压迫下站起了，你招展在中国的每一寸土地，中华儿女爱护你。

国旗，国旗，你代表四大阶级，反帝反封建反对官僚资本主义。彻底肃清反动残余，国民党反动派永不能复辟。

国旗，国旗，你给世界上被压迫的人民以勇气，你成为巩固世界和平的主力。

我们掌握着马列主义革命武器，忠心地保护你。

（原载《首都公安报》1949 年 11 月 12 日）

白孟祥，时任北京市公安总队一团政治处警官。

冬防期

宋 源

　　冬防期，已来到，我们任务加重了。卫人民，维治安，全靠我们大家搞。防特务，防火灾，同样要紧防匪盗。

　　户籍警，应注意，白天调查户口去。靠群众，帮助咱，发现问题才不难。择重点，分析清，得到线索莫放松。到夜晚，巡逻去，治安方面也有责。

　　治安警，要认真，巡逻守望要专心。随时地，用心机，可疑人物问仔细。对群众，要和气，莫让别人讨厌你。

　　夜巡逻，看分明，哪家住户没关门。进院去，细讲清，防范匪盗门要紧。天冷了，劝群众，不要泼水遍街道。要不然，满街冰，滑倒行人不卫生。

　　有反映，随时记，情报材料在这里。是问题，也记牢，晚间根据它汇报。

内外勤，常联系，材料汇报在一起。一人说，大家听，业务学习在其中。汇报后，再检讨，工作也就进步了。再进步，再提高，冬防工作能搞好。

（原载《首都公安报》1950 年 3 月 16 日）

宋源，时为北京市公安总队第三派出所警官。

派出所所长

张志民

所长走到群众家，
大人小孩围住他。
孩子问候"叔叔好"，
大嫂请他抱娃娃。

大娘让他炕头坐，
拉过一片家常话。
有件"情况"对他讲，
接着请他教文化。

所长来到工地上，
脱下制服下活场。
使锤使斧样样精，
工人翘指夸他棒。

没人管他叫所长，
叫声"老杨"情意长。
老杨生在群众中，

老杨长在人心上。

（原载《人民公安》1957 年 2 月 18 日）

张志民（1926—1998），河北宛平人。著名诗人。1938 年参加革命部队，1941 年加入中国共产党。1946 年起从事文学创作。1953 年加入中国作家协会。曾任群众出版社副总编辑，《北京文艺》主编，北京市作家协会副主席，《诗刊》主编，中国诗歌学会副会长，中国作家法律协会第三届、第四届理事。著有诗集《死不着》、《我们的宝剑》、《人物诗选》、《祖国，我对你说》等。

我们的宝剑

——悼念罗瑞卿同志

张志民

你去了！
在我们——
最需要你的时间。
你去了！
从我们——
继续长征的队前。
你去了！
带着林彪、"四人帮"
留给你的
　　　——遍体伤痕。
你去了！
怀着对祖国未来的
　　　——深切怀念！
你的离去，
使革命失去了一个
　　　——忠诚的战士，
你的离去，
使我们失去了一柄

　　　　——锋利的宝剑!
我知道,
你惦记着——
乌苏里江的边防军
今冬的滑雪训练;
我知道,
你惦念着——
运往西沙的新雨具,
是否已送到了前沿。
你惦记——
惨遭林彪、"四人帮"
迫害的战友们,
有谁还未恢复健康,
未得到昭雪、平反;
你惦记——
在我们的营垒里,
残敌是否查清,
还有没有深藏的
　　　　——坏人、隐患?

瑞卿同志,你去了,
带着无尽的依恋!
老首长啊,你去了,
去得是这样突然!

你的离去
对我们来说,
何止是一个

一巨大的损失！
那飞来的恶讯，
是刺入我们心房的
————一把钢刀，
那天降的噩耗
是响在我们头顶的
————一颗炸弹！

敬爱的瑞卿同志，
念起你的名字，
我们怎能不
这样地发问：
是谁？夺去了
————我们的将军？
是谁？折断了——
我们的宝剑？
敬爱的瑞卿同志，
站在你的遗像前
我不愿流下那
怯弱的眼泪。
悼念你非凡的一生，
我要用一个战士
————最肃穆的敬礼！
我庄严的站立
是为你而感到的骄傲！
我怒视的横眉
是对刽子手的愤懑！

怎能忘啊！
怎能忘那——
寒凝大地飞雪天！
罗总在何方？
将军危与安？
那是怎样的日月啊！
为得到一点
　　　——你的消息，
要冒多大风险，
付出多少艰难？
为探视一下
　　　——你的病情，
要作出多少准备，
对付多少鹰犬？

怎能忘啊
怎能忘那——
举国欢腾胜利日，
怎能忘啊！
怎能忘那——
锣鼓喧天庆凯旋！
"罗总出来了！"
你和人民敬仰的老一辈
无产阶级革命家，
臂靠着臂，肩挨着肩！
看！那一身英武，
恶人的小斧头，
没能砍倒我们的大树！

看！那不屈的气概，
老将身残志不残！

罗总啊罗总，
你那抖擞的精神，
引起我的多少
难忘的回忆啊！
在长征路上，
在延水河边，
在太行山里，
在塞北、察南……
听到了！
我们又听到了
你在抗大操场上
那鼓舞人心的演说。
看到了！
我们又看到了，
你挥戈南北
率领着那
转战千里的兵团。

罗总啊罗总，
你亲切的微笑，
引起我们多少
难忘的回忆呵！
在华北、江南，
在内地、边关，
在镇压反革命的法庭，

在枕戈待旦的营盘。
为使我们的婴儿
在摇篮里安睡，
你眼望着每一家的
　　——门庭、窗口；
为使祖国的山河
不被侵犯，
你注视着我们的
每一处哨所，
　　——每一道防线。

将军啊，你去了，
去得是这样地仓促！
将军啊，你去了，
在我们最需要你的时间！
我知道——
你去时未来得及
最后看一次演习。
将军啊，
请你在九天之上
检阅我们的大军吧！
看！那是多少路
并肩前进的纵队！
看！那是多少条
乘风破浪的战船！

敬爱的瑞卿同志，
　　——永别了！

我知道，这首小诗，
写不出你崇高的形象，
因为你就是一座
　　——不朽的纪念碑！
那昨日的伤痕，
是白匪的明枪；
那今日的残肢，
是叛徒的暗箭。
你英武的雄姿，
永远代表着
　　——我党我军的光荣！
你炯炯的双目
永远是——
逼向敌人的宝剑！

（原载《人民日报》1978 年 8 月 11 日）

安全岛

谢先云

啊，安全岛——
三个大字红光耀。
啊，安全岛——
坐落在街中人行道。

浅黄色的栅栏，
不低也不高；
几米宽的面积，
不大也不小。

车来车往，
宽阔的长街涌波浪。
站在小岛躲车辆，
它像一块安全礁。

啊，安全礁，
是谁想得这样妙！
啊，安全礁，

是谁想得这样好！

看，一辆"红旗"车，
开进繁华街道。
礼让过街行人，
减低车速慢跑。

您想到了
——社员进城多。
您想到了
——街中需设岛！

国家大事知多少？
群众过街也想到。
安全岛上忆总理，
心中火焰熊熊烧——

（原载《人民日报》1979 年 3 月 4 日）

谢先云，1943 年生，四川金堂人。中国作协会员。曾在啄木鸟杂志社、群众出版社工作。从 1977 年开始发表作品，出版有诗集《幽兰留给你》、《又见红蜻蜓》、《永远的足音》，散文诗集《苦楝树》、《穿越远山》等。

夜的执勤者

雁　翼

当北京沉睡的时候，
你为北京的沉睡而睡不着。
像清冷的街灯，
警惕着黑暗的角落。

当北京醒来，你啊你，
像天上孤零的启明星，
拍掉一身的寒冷和疲倦，走了。
为北京的清醒，放心钻进了被窝。

（原载花山文艺出版社 1982 年版《拾到的抒情诗》）

　　雁翼（1927—2009），原名颜洪林，河北馆陶人。1942 年参加八路军，1949 年开始写诗，1953 年转业到地方工作，1956 年加入中国作家协会。曾任《星星》、《四川文学》主编。出版有《大巴山的早晨》、《在云彩上面》、《黑山之歌》、《白杨颂》、《故乡三行诗》、《拾到的抒情诗》、《江海行》、《南国的树》、《诗的信仰》、《子夜灯影》等诗歌、诗论、散文、小说和剧本六十余部。

鸽子·鹰隼

——写给陈鸽烈士

张志民

一

那不是一声
手榴弹的轰响，
惊破
江城的黄昏。
而是一束
历史的雷电，
炸开两扇
灵魂的大门。

两摊血
流在一处，
是那么难以辨认。
两摊血
流在一处，
是那么
不容含混。

一是脓水，
一是甘霖；
一是阴沟的
浊流，
一是大海的
潮汛……

二

那不是一辆
行进的无轨电车，
掠过
初春的江滨；
而是一台
时代的量具，
在计量
人生的品级，
躯体的尺寸。

一是金石，
一是粪土，
一是参天的
大树，
一是树下的
霉菌……

三

陈鸽呀！你用
一米八四的身躯，
铸起那座
人民卫士的雕像，
站在松江之畔！
对善美
你是"鸽子"；
对邪恶
你是"鹰隼"……

（原载群众出版社1984年版《我是宝剑》）

消防车驶过大街

曹宇翔

一路绿灯，一路绿灯
警笛划破繁忙中的宁静
消防车驶过大街
大街上掠过水淋淋的风

城市由于一时不慎
灿烂的生活被溅上火星
于是，消防车疾驶而去
去与火争夺一个幸福的家庭
争夺煤气罐、数学公式
书架上那本美丽的《星星》

在大火扑灭之后
一切都复归安宁
姑娘们会按时赴约
联谊晚会也照常进行

可是，也许有位战士

从此满脸疤痕
失去身姿的潇洒、英俊的面容
甚至，失去再次蹈火的权利
和属于他的蓝色憧憬
是的，会有短暂的忧伤
但决不会遗憾终生
当消防车凯旋
警笛又喊出战士的心声

共和国的每一位公民啊
都可随时将我们调遣
只消把几个号码拨动

我看到
天空飘过一朵激动的彩云
那是太阳缓缓举起右手
在向战士致敬

（原载《星星》1985 年第 1 期）

曹宇翔，1957 年生，山东兖州人。1991 年毕业于解放军艺术学院文学系。大校。享受国务院特殊津贴。国家新闻出版广电总局全国新闻出版行业领军人才。著有诗集《家园》、《青春歌谣》、《纯粹阳光》、《曹宇翔短诗选》、《祖国之秋》，随笔集《天赋》。曾获第二届和第三届青年文学奖、《诗刊》奖、《星星》诗刊奖；诗集《纯粹阳光》获第二届（1997—2000）鲁迅文学奖。

我，是一尊绿色的尊严

王鸣久

头正。颈直。两眼与世界平视。
青铜像般，屹立在共和国的海关，
我，是一尊绿色的尊严！

我，曾属于一个匍匐的种族！
曾祖父，曾弯着犁弓般黑瘦的脊梁，
耕耘一部血泪浸透的历史，
躺进坟墓时，仍然佝偻着躯干！
我的爷爷，曾用生命和石栈构成三十度夹角，
为我们古老的民族拉纤，
猝然倒下时，脸还紧紧贴着地面……

尊严，被带血的皮鞭缕缕抽碎！
耻辱，被紧紧咬在仇恨的牙关！

我的父亲，没有让血痕、泪水，
和如泣如诉的号子继续在脊背上延续！
他匍匐着，是战车的匍匐！是醒狮的匍匐！

迎着旧世界毒舌般喷射的火焰！
一包炸药，轰坍了黑夜的城堡，
他在黎明的霞光中，站起来了！
肩背上，轰然滑塌了座座大山
啊！城头上那面哗哗飞响的红旗，
便是，我这新生命的支点！

我，属于一个屹立的民族啊！
脚下，高山，大河舒展着国土的辽阔，
头顶，齿轮，麦穗编织起金色的花环，
一杆钢枪，是一柱伟岸的脊梁，
支撑起黄土下，我祖父曾祖父的梦；
立交桥上，我母亲、父亲的笑眼；
我妹妹的打稻机，我弟弟的脚手架；
我那小侄女的天蓝色的阳伞……

我，笑迎着全世界向我走来，
带着他们五颜六色的香水味的名片，
走向我——这辉煌屹立的中国！
我威严，却绝没有一分傲慢！
我热情，却绝没有一丝媚颜！
我淳朴，却绝没有一点迂腐！
我广阔，却不让一寸污染……

呵！祖先的荣誉，顶在我的头顶！
呵！祖国的尊严，扛在我的双肩！

暗空下，我是一棵生机勃勃的绿树，

让洁白的鸽子花，满枝攀援！

雷雨里，我是一柱风姿凛凛的峰巅，

叫一切阴谋，撞成一团飞烟！

我是，是一座时代的战标，迎接着

四面八方射来的不同温度的视线

青铜像般，屹立在共和国的海关，

我，是一尊绿色的尊严！

（原载群众出版社 1986 年版《我是一片橄榄叶》）

　　王鸣久，1953 年生，吉林梨树人。中国作家协会会员。著有诗集《我是一片橄榄叶》、《东北角》、《东方小孩》、《宁静光芒》、《梦厦》、《青铜手》、《最后的执灯者》，散文集《落鸟无痕》，小说集《蓝桥》等。组诗《关东大地》获 1987 年武警部队金盾文学奖，《青铜手》、《蓝桥》分别获武警部队第一届、第三届武警文艺奖一等奖，《青铜手》获全军第二届文艺新作品奖文学一等奖，《最后的执灯者》获第二届辽宁文学奖。

都市的支点

郑光明

时光的三角刀

无休无止地雕塑着他们

他们具有——

南方男子汉棕红的肤色

北方男子汉粗犷的轮廓

他们是一些潇洒得令人

嫉妒的警察呀

他们一百八十度地牵制

大街上奔驰的目光

每天每天，他们最先

给那羞羞答答的金发女郎

一个甜蜜的响吻

以至他们的胸前

留下了胭脂的鲜红

每天每天，他们的手套

在空中划出白色的弧线
以至只有神仙才能窥见的影子
一个个化为乌有

他们的烟瘾很大很大
大得常常被调皮的汽车排气管
逗得口舌生津
但是他们能够顽强地克制
不让烟火烧断扫描的视线
他们也曾羡慕捧着报纸浓茶
打发上班时间的悠闲
但那种羡慕会变
并且总是变成骄傲
变成让眼眶老高的外国人
因为他们而羡慕中国的形象

他们的神经
有时也被约会也被自修教材
拽成函数图像
但那种可以扯断钢缆的信念
总是立即将它绷得很直很直
他们把自己当成都市的
一个个支点
他们害怕因为自己的疏忽
而使立体的都市

出现一丁点的晃动

（原载《人民公安报》1986 年 7 月 29 日）

郑光明，1958 年生。全国公安文联诗歌分会副主席，湖北省作协会员。1977 年考入湖北省公安学校，毕业后在武汉市公安局的派出所、分局和市局直属部门工作，担任过网安、技侦等处（支队）处长、政委。1980 年开始诗歌创作，先后在《星星》、《长江文艺》、《人民公安报》等发表诗歌四百余首。诗作《警察，走进舞厅》获 1984 年武汉市诗歌创作二等奖，《都市的支点》1987 年获《人民公安报》等组织的全国公安文学大奖赛诗歌奖。1994 年出版诗集《神奇的太阳》。

周末奏鸣曲

——写给一个刑警的妻子

叶 桢

火柴点燃了沉默的企盼
炉火烧沸了周末的温情
宁静的港湾等待归帆
心头牵着放飞的风筝
当孤独袭击一百回梦境
当一百个黎明
在酸楚和失望中诞生
她发了一百次牢骚
甚至下过一百回狠心

刑警
这个叫丈夫爱得着迷
又叫妻子好不伤心的
职业哟

长长短短的离别
毕竟不能
把永恒的相思封冻

时针分针的交织

剪不断四季延续的深情

姗姗来迟的周末

你怎么忍心步履匆匆

捎个信吧，风儿

让他快踏着月光归来

脱下正儿八经的警服

卸下一周的疲倦

然后掀开

热气腾腾的锅子

那里炖着妻子一个月

起早落夜的奖金

好福气哟，男子汉刑警

你有一个爱你疼你理解你的妻子

纵然东奔西走

你永远走不出她的心田

（原载《人民公安报》1987 年 8 月 28 日）

叶桢，笔名叶子，1951 年生，浙江义乌人。中国音乐家协会浙江分会会员。1971 年 4 月在《浙江日报》发表诗歌处女作，至今已有三百余首。曾任浙江省公安厅副巡视员。

破案后的沉思

叶 桢

当一场正义和邪恶的较量
最后浓缩进案卷
一个流血的故事
刺痛了我们的心尖
一个刚吹灭十八岁生日蜡烛的青年
用刀尖挑起夜幕的一角
制造了一条罪恶的新闻
演出了一场独幕悲剧
结束了一部人生长篇

家庭为之惊呆双眼
社会为之出身冷汗
于是，人们在惊愕中
重新翻开他花一样的昨天
追寻谜一般的答案

我们也在沉默中思索
细细咀嚼案卷外的答案

那一个个弯曲的问号
拉直了，全是沉甸甸的惊叹

（原载《人民公安报》1987 年 8 月 28 日）

他的血已渗进泥土

谢先云

手雷被一双罪恶的手，
拉出了长长的红舌头，
在电车厢张开血盆大口。
电车像掉进阴森森的魔窟，
突然凝成一块冰坨。
这时，他猛地扑向红舌头，
就像一头醒狮！

于是，震惊了报社记者，
于是，震惊了党委书记……

他没有一丝犹豫，
从乘客中跃起身来，
用胸膛标出一条隔离带。
在安与危的关键时刻，
警察站成了一座大山！

所以，车队才能辉煌驶着，

向四面辐射橘红色速度；
所以，百货大楼才能奔涌着，
向四面扩展商品经济。

这时，他成了
一支铿锵有力的英雄曲，
谱在报纸头版头条，
印在书记签发的决定里。
自从他戴上闪闪警徽，
就跟着警徽学做人民警察，
渐渐培养出了向日葵品格。

可在这以前，
谁会注意读他的童年？
谁会注意读他歪斜的足印？
谁会注意读他的警察史呢？
他是一棵默默的向日葵啊！

而这时，
他才突然被问起名字，
他才突然被感到是英雄。
他被表彰，他被树立，
他有很多很多荣誉，
可他那殷红的血，
已经渗进这片复苏的土地。
啊，人民警察！

（原载《诗刊》1988 年第 1 期）

回忆一次战斗的情形

林 涛

【题记】刚参加工作不久，忽接上级通报：两歹徒盗走部队枪支后疯狂逃窜，即将进入我所在警局的辖区。全局紧急备战。我于执勤中写下此诗。

一

得知持枪歹徒窜入的消息
恰逢日子交替
清脆的钟声和焦急的心情
立即从你的额头向四面八方辐射
点燃一簇簇生命之火
在哗哗啦啦的枪栓声中旺盛地燃烧
——警营一片通红
一片透亮
一片急促的呼吸喧响
一片正义的铁壁铜墙顷刻铸就
向歹徒流窜的方向嗖嗖而去

我能想及滚滚的车轮
我能想及闪闪的警灯
撕开厚实的夜之幕
照亮一张张凝重而生动的面庞
许多灵感
无不为自己的遗嘱颠颠簸簸

二

这不是边防线战斗
却真真切切
一个个英勇而无辜的生命
从指挥部发出的电波里倒下
敲碎民警们深沉的爱心
你仿佛看到喷射而出的血污
在朴实的土地斑斑驳驳
成为歹徒万恶不赦的罪证
你手中的枪口
因此而充满着报复的欲望

我能想及蜂拥而至的蚊虫
我能想及飘飘洒洒的细雨
攻击你如磐的意志
一切绚丽的设想纷纷停止
只等枪声大作的时刻
能将自己全部的义愤
对准丧心病狂的歹徒击发

三

发挥你全部的敏感
搜索　搜索
为警察的名誉和崇高的信念
抛弃平日所有的怨言
用轻轻松松的心态
搜索一场激越的决战
代表祖国和人民
代表死去的冤魂
向罪恶的歹徒做最彻底的宣判

我能想及一些挂彩的警察仍顽强地战斗
我能想及一些归天的英魂做最后搏杀
使歹徒藏身的岩穴
成为一座永远的坟墓
提醒大山内外的人们
不可忘却一些平平常常的警察
曾经在这里抒写过一曲正义的赞歌

（原创于 1988 年 11 月；原载中国人民公安大学出版社 1990 年版《橄榄绿熏风》）

林涛，本名匡后鹏。中国作家协会会员，全国公安文联诗歌分会副主席。曾在《诗刊》等报刊发表诗歌数百首，出版诗集十一部。曾获中国公安诗歌贡献奖。

大墙故事（组诗）

孙友民

洞打开后，T突然觉得这样走太有负于看守班长W。
犹豫之时，同室十二名押犯涌了过来。T手执砖头，背靠
洞口，使一次押犯集体逃脱事故得以避免。

——摘自1987年4月Z市看守所情况报告

大墙下的情绪流

阳光从窗口款款而来
与你交谈
依旧是冷漠，目光
将整个春天修改成冬天
一再地拒绝一种温暖
你说不需要任何怜悯——
既然世界羁押着我的灵肉
我也不给世界半个笑容

总有一些关于困兽的思绪

来来往往绕你三匝
感觉四面大墙每天都在向你坍塌

妈妈的嘱托

孩子，还记得那顶草帽吗
那顶外婆哼着放牧谣
密密匝匝编织的夏天吗

那一天你盲目地走进家里
才发现丢失了清澈的眼睛湖
爸爸妈妈走遍了所有的巷子
走遍了所有刮风的日子
找呵，找，终于没再找回
从此，五十个平方米的暖色就冰冻了
绵延了三十多个春天的笑声就断线了
一千次承诺在每一次承诺后违约
一万次祈祷在每一次祈祷后失望
因为你的路上布满荆棘
妈妈的额头也早早地爬满了沟壑

等待有一天你打扮得干干净净
等待你像自由鸟一样飞进妈妈怀里
孩子啊

班长的目光

第一次你正视

警徽下那道剑一般的目光
是刚刚戴上法的枷锁
仅仅那么一瞬
就感觉
寒气逼人

那时，你把他想象成
工具、机器和野竹林的臭衙役
但不知从哪天起
眼前站立的是一棵年轻的橄榄树
树叶如明眸在阳光下哗哗闪亮
每天，你站于树下
感觉那目光海潮般撞击着你——
那些理解，那些真诚
那些严厉，那些平等
愈撞愈重
愈撞愈深

你壁垒森严的城池
在撞击中深深颤动
深
深
颤
动

两个我的对话

面壁十年，意味着

三千六百五十个漆黑的想象
没有绿色，没有歌声
生命的伊甸园就这么错过吗

其实生命不过是一个过程
既然青春的翅膀已经折损
就该无怨无悔地接受阳光
在阳光雨中浣洗忧伤

与其说是忍耐，毋宁说是奴性
我要冲决这沉重的大墙
去投奔自由
体验生命的嚎唱

开始的一切就意味着结局
窗外有鸟儿飞来飞去
风，还是扬不进来
一切都
早已注定

懦夫总是被命运支配
叛逆者常常超度彼岸

是否想过妈妈的嘱托
是否想过凛冬再至
是否想过班长的目光
以及生生死死荣荣辱辱悲悲欢欢

让我走自己的路
不论崎岖还是坎坷
假若明天如期来临
我将迎迓自由的晨风

子夜，你开始寻觅"光明"

当所有的生命钟都奏响鼾声
心，在久久抽搐后突然平静
热血在瞬间释放了最雄性的躁动

——悄悄地，你拿起
那两颗从铺板上拧下的铁钉
抬起手来，抬起手来
在墙上深深地画上了一道沟痕
你设计已久的工程
宣告开工

将棉大衣挂于破壁之上，掩护行动
一缕如烟的神秘整日整夜萦绕于你的脸际

太阳不知眨动了几次眼睛
你带血的执念，渗蚀出一块殷红的松动
颤抖着，搬开
最后一座大山

月光啊，月光

真难以置信，流淌在脸上的
是没有铁锈过滤的月光
月光啊，月光
这就是妈妈的呼喊吗

一声喂叫来自遥远的月亮河畔
那是你想象的鸟儿突然受惊
月光月光，为何变暗

如果，自由的代价是冰封了班长的目光
是一枚橄榄叶的静静陨落
那就太不够义气
我还是什么血性汉子
于是，你的头颅直沉下去
直沉下去

突然，你站成最凝重的雕像

当一条鞭子重重抽打你的灵魂
厚厚壁垒开始一段段崩溃

（接着，时辰
把大墙故事推入高潮）

一支鼾声悄悄休止
一双眼睛悄悄睁启
最后一块砖头的挪动惊起一屋子骚动
十二只困鸟
扑扑愣愣涌向笼口

接下来你突然攥紧两块带血的砖头
猛然间扬起沉重的头颅
唰地一下背靠住洞口
站成世界上最凝重的雕像
惊呆了那些最剽悍的野性

沉寂。长长的
死一般的
沉寂

门外传来了脚步声

尾声：一个修辞的题解

多年后，某晚上
你走出流水线，洒一路
星光般明亮的微笑回到家里
静坐于妈妈身边
小侄儿舞着课本跑过来
——奶奶，奶奶，自由是什么意思
妈妈笑着对他说，

关于这个词，去问你叔叔

（原载《青年文学》1988 年第 12 期）

孙友民，生于上世纪 60 年代，河南正阳人。现任河南省驻马店市公安局副局长。河南省诗歌学会理事，驻马店市作协副主席。曾出版诗集《呼吸》、《月光车票》等三部。

刑警队长和他的女友（组诗）

谢先云

车 站

急步走进她冷色的目光
你伸出双手
她挤在下车的人群里

你知道失约的感觉
滋味就像吃没腌过的柿子
尽管她不启动润红的嘴唇
但你把在车站
抒写的情诗
当作最动人的恋曲
在没人的时候唱给她听

当电车开走的时候
她莫名其妙地哭了
无论你把刑警
讲成现代的大侠客

给她的失望
调了一把佐料

唉，你和她
在车站体验了恋曲的
遗憾之后
却偏偏还要在车站相会

郊　游

经受了一个冬天的考验
你们终于在一个假日
站成了郊外的风景线

时光如碧绿的草
总不能淹没记忆的幽径
就是那个传奇的故事
如何浸过心的堤岸
她脸上才浮现回声

本是许诺季节
阳光十分和谐自然
你知道郊外的隐身处
珍藏着一首抒情诗

所以不必担心
不到郊外走在风景里
你才担心

探　视

捧着一束花
你不知往瓶里插
此时，你才发现
你是一团火

生命，本该是
赤诚燃烧的火焰
是夜半那声
扑向你的罪恶的枪声
爱，从新被召唤
她忐忑地站到你床前

她不怪你刺伤她的心
你掏出血浸过的照片
断续的一句话
使她泪流满面

生命，有你
这样一团火
生活最平淡的时候
她的心也会很热

目　光

对她敢来叩门

你钦佩
这种胆量和理解

谁说"冷血动物"
不是可爱的性格
不是可爱的性格铸成的
一柄锃亮的宝剑

（原载《星星》诗刊 1990 年第 3 期）

致祖国

任桂秋

一

那时　你是摇篮
摇我走遍高粱花的天地
摇我一粒粒　一声声
将成熟爆响

如此　我有了独守的时刻
且往往缘枝柯而上
看山那边　太阳永于阵痛之中
牛儿羊儿　平静地舔着累累鞭伤

想一想　想一想我是什么
高举起手臂　听那血竟是由上往下
呵祖国　请你拥有我
我愿是你虔诚的乳娘

二

让我走进你的目光
祖国
走进去　我梦得安详
纵有一千种追迫
我不说　不说苦命
不说苍天在上啊不说
我是无根的流浪

期待你一次轻轻的颔首
祖国
那时我将踏响所有的门槛
且把心以及一缕青丝
放到每一处寒冷的地方

让我走进你的目光
祖国　且以目光鞭我笞我
让我流泪让我欢笑让我
把红舞鞋永生在脚上

你于我　真的
至高无上

（原载《人民公安报》1990 年 9 月 28 日）

任桂秋，1957 年出生于辽宁省锦县。1982 年毕业于辽宁大学中文系。中国刑事警察学院禁毒学教授，研究生导师，专业技术二级警监。在《诗刊》、《鸭绿江》、《芒种》、《人民公安报》、《辽宁日报》等数十家报刊发表诗歌数百首，作品被收入《中国诗歌年鉴》、《新中国五十年诗选》、《中国当代公安诗选》等数十种选本。曾获首届全国公安诗歌大奖赛一等奖等多种奖项，2015年在全国公安文联主办的首届中国公安诗歌奖中获"中国公安诗歌贡献奖"。出版有诗集《热爱阳光——任桂秋抒情诗选》、《任桂秋诗选》，散文集《半个月亮》等。

渴望陌生

李炳天

【题记】在红其拉甫边防检查站，翻开一位老兵的日记，上书"我渴望见到一块陌生的石头"。读后，我泪如泉涌……

白天兵看兵，晚上数星星。白天的兵，已熟悉得无法再熟悉。

晚上的星，闭上眼睛已可以数清。啊，我渴望陌生。

我不奢望见到一个陌生人，因为他来到这儿，要经过几多的酷暑和寒冬。我不奢望见到一只陌生的鸟，因为它飞到这儿，要耗尽宝贵的生命。

我不奢望见到一株绿色的草，因为天方夜谭只给人留下美好的憧憬。

我只希望见到一块陌生的石头，哪怕上边只有看不清的纹路，辨不出的图形。那看不清的花纹，足以让我联想父亲爬满皱纹的额头；联想妈妈一圈圈摇着水磨，摊出一摞摞煎饼。

那辨不清的图形，足使我想起故乡蜿蜒的小河，还有河边那红扑扑的荆丛，荆丛里跑着藏猫猫儿的幺妹，幺妹捉到了橄榄色的甜梦……

啊，给我一块陌生的石头吧！我实实在在太渴望陌生。

我渴望陌生里的熟悉。

我渴望熟悉里的陌生。

（原载《中国散文诗》1991 年第 4 期）

李炳天，1956 年生，河北沧州人。1975 年入伍，曾任吉林公安边防总队和公安海警学院政委、内蒙古公安边防总队总队长。中国散文诗学会理事，中国作家协会会员，全国公安文联理事、创作室主任。2017 年获新诗百年最有影响力诗人奖，《渴望陌生》入选新编大学语文。

誓 言
——女警独白

胡 玥

我信生命的原色是绿的
就像城市拥有街树
沙漠拥有绿洲
羊群拥有草原
我们拥有长青的橄榄林

我们是一群从七月里走来的女儿
母亲是我们最初的海
最圣洁的领地
我们的生命里
有父辈握过镰刀和斧头的印痕
所以我们举起的右手绝不是一种点缀
我们也不是恋人日记本里的那片红枫叶
雨季里常备的那把小花伞
五月的石榴或是八月的桂花

我们就是我们
生就女儿的柔情

与母亲有扯不断的情缘

也不缺少男儿的果敢和忠诚　　所以

我们一生的归宿

选择在这样一片林子里

不企求开花的美丽

也不奢望果实的辉煌

就像那只小白鸽信守和平

我们信守一句誓言一面旗帜

一个微笑一份安宁

一穗沉甸甸的谷子拥有一份土地的深情

一棵虔诚的橄榄树

站在七十岁的阳光里

就像又一个音符诞生在新的曲子里

我愿是人民喜欢的那首歌

或是歌中的一朵茉莉

（原载《人民公安报》1992 年 3 月 28 日）

　　胡玥，女，1964 年生，河北香河人。曾供职于人民公安报社。中国作家协会会员。1984 年开始发表文学作品，散见于《诗刊》、《人民日报》、《光明日报》、《文艺报》、《读者》等报刊，并被收进多种选集。曾获河北省金牛文学奖、全国十佳女诗人奖、金盾文学奖等。出版的主要作品有《胡玥文集》，长篇小说《危机四伏》等五部，短篇小说集《花街失踪的女人》，报告文学集《女记者与大毒枭刘招华面对面》等五部，诗集《永远的玫瑰》，散文集《为你独斟这杯月色》。

献给乘警的歌

胡 玥

每一次出乘的日子
都是一棵会开花的树
爱人就像那只小白鸽
守望你出乘的每个寂寞的日子
你不在乎秋天能否收获成熟
也不在乎今年的月亮是缺还是圆
你真的不再是那只梦中的鸟
远离熟悉的城市和老街的童年
希冀天空这么大
哪一片林子不能筑巢
你觉得每一节车厢
都可以成为你的天空
每一个旅客的微笑
都是一个十五的月亮
人生是一段或长或短的旅程
列车碾过的岁月就是生命的轨道
你栽种常青的橄榄林，同时
也耕耘爱情

让人生有个漂亮的结果
好映衬国徽的光荣

（原载《人民日报》1992 年 7 月 31 日）

在酒吧相遇

刘金山

你不认识我的时候
我们相处很好
两杯香槟是你要的

在酒吧你的气色动人
我西装革履挺帅
听说日本有个高仓健
可惜他老了

那次喝得烂醉
其实全是我他妈装的
角落里那个大胡子男人
我对他发生兴趣
他是我的目标
你今夜成了我的道具
对不起，我不是有意骗你
其实我挺深沉
我真想爱你

换上一身干净警服

周末去跟你道歉

你的地址变了面孔

门儿敲不开

那么就再见好了，女公民

在你急于找我的某个黑夜

请就近找一串电话号码

在中国这几个数字

尽人皆知

（原载群众出版社 1994 年版《中国当代公安诗选》）

刘金山，1944 年生，黑龙江穆棱人。山西省作家协会会员。毕业于中国人民大学法律系。曾任山西省长治市公安局副局长。主要作品有诗歌百余首，文学评论、小说、散文数十篇。参与编写《中国当代诗话辞典》。传略及代表作收入《中国当代诗人传略》第一卷。

想起英雄

孙学军

如果大地终将说出自己的秘密，我会看见你
一个在等待的消亡中无限旷远的人
一个尘世的经历者，以一颗无私的心
深入时代的精神和背影。他终于正点到达
在时光的背后，一个灵魂神圣的天堂
诗歌，雪山，和燃烧的红柳
交织着对光明和真理的回忆，依然
在我们持续多年的梦想中，手持着星辰

什么能够使生命不朽！假使万物都重归沉寂
在比死亡更加坚硬的面孔中，我会看见你
一个奔雷般接近烈火的人，一个
猛醒于高原深处的追梦者。他终于正点到达
在漫长的旅程中。格桑花如期开放
那绝无仅有的幸福，一个
内心丰沛的人为什么无法抓住

那曾经的激情，就是永生者的激情

他已经正点到达。在遥远的故乡
在一个神圣者亲手缔造的天堂
请开口说出我们共同的未来

（原载《青春诗歌》1996 年第 5 期）

　　孙学军，1970 年生。中国作家协会会员、吉林省作家协会全委
会委员，吉林省作协签约作家、全国公安文联签约作家、鲁迅文学
院第二十一届中青年作家高研班学员。自 1990 年以来，相继发表
诗歌、评论、小说若干，作品曾被《小说选刊》、《中篇小说选刊》
及多种年度选本转载；出版小说、诗歌集三部。曾获吉林文学奖、
长白山文艺奖等奖项。

英雄故事

张风奇

在你叙述生命的故事里
频繁使用了黑夜的字眼
想那闪烁的身姿
该是一种怎样的光芒
细细读你
别人演绎的精彩章节
正是你要删去的部分
语言反驳语言
想象捕捉想象
而你，静坐于朴实文字
落笔生根
你喜欢思念。思念
只是一种无话可说的境界
表达心迹的意象
永远是那双回望妻儿的眼睛
以及遥想老母的神色
你拒绝死亡。死亡
只是一种涅槃再生的礼仪

墓碑苏醒的梦土
永远是那颗岁岁发芽的种子
以及不肯腐朽的灵魂

（原载《人民公安报》1996 年 6 月 15 日）

张风奇，1955 年生，河北冀县人。石家庄铁路公安处民警。中国作家协会会员。在《人民文学》、《北京文学》、《十月》等报刊发表诗歌五百余首。

关于警察

任桂秋

这是一个铁血的称呼
是真豪杰
情在深处

宁静生活中
不是所有的人都能知道
天空很复杂
在鸽子自由盘旋的地方
必有滴血的阳光
或者　已付出的羽毛和生命

矛盾在于双肩
进退都是一种责任
路很苦也很长
倾心陶醉的幸福景象
是老人和孩子
都快乐安康的时光

让空气清纯　　让万象和平
让光明平安的歌声漫布天空
然后流着泪
在静夜里守护使命的时候
把忠诚一杯一杯地斟酌
作为　　天伦之乐

（原载《啄木鸟》1997 年第 2 期，《诗刊》1997 年第 6 期转发）

帆

万箭飞

一块平凡的布
装上高耸的桅杆
撑起了丰满的生命
在风的世界中闯荡
追求着风流惊险浪漫

把狂风作为烈酒畅饮
把恶浪当作可口的佐餐
纵览满天的风霰
倾听风语风言
桅杆的寄托紧系胸前
一条水路辽阔而深远

把一生的希冀嫁给风暴
让风流在周身尽情亲吻
把全部的热情交流于雷电
让雷电强化每一根神经
在没有风的晚上港湾

你才卸下戎装合上厚实的诗卷

帆在漩涡中疾进
在惊涛中押着险韵
独领江河千百年的风骚
奔放着好男儿汹涌的血性
帆，没有一个文字
帆，一面最圆满的旗帜
在我的梦中招展

（原载《人民公安报》1998 年 1 月 1 日）

万箭飞（1959—2011），生前为南昌市公安局民警。江西省作家协会会员，南昌市作家协会理事，南昌市诗歌学会常务理事。曾在《人民日报》、《法制日报》、《人民公安报》、《啄木鸟》等发表作品。出版有诗文集《树立冬天》。作品多次获奖。

血肉长城

刘元林

无论东方还是西方
都说——人
是叫女娲或上帝的神
用泥土造就的
无论圣贤还是愚民
都要回到起点
化作一撮泥土
今天看见你们
我又一次惊心于
人与泥土的缘
当洪魔像一头发疯的兽
一龇牙
便将厚重如山的堤坝
撕开一个口子
然后伸出长长的舌头
卷食两岸的收成和安宁
田园支离破碎
村庄仓皇爬上树梢

颤栗在凄迷的雨中
是你们
一群人民的士兵
迈着比雨点更急切的步子
赶来
拎起一袋袋泥土
拎起一袋袋信念
连同整个自己
投入洪流
一袋袋泥土在决口处堆积
一袋袋信念在危难中粘连
整个中国坐在屏幕前
注目天地之间
这惊心动魄的战斗
洪魔喘息着
一张没有血色的嘴嚼来咀去
终于咬不动
这大堤之中最硬的一块泥土
这有灵性的泥土
黑者为发
黄者为肤
红者是被太阳烤炙多日的面庞
这群年轻的生命
是红土地、黄土地、黑土地上
长大的禾苗
携带着泥土的气息
秉承着泥土的品格
言语不多

来不及回望身后的路

却有铁的筋骨

钢的意志

当灾难袭来的时候

便以泥土般的身躯

铸成一座无坚可摧的屏障

一种肥沃的泥土

一种高贵的泥土

在这泥土上面

平安、富裕、祥和的中国

正在成长

（原载《人民公安报·消防周刊》1998 年 8 月 19 日）

刘元林，1966 年生，陕西周至人。供职于人民公安报社，任《法制传播研究》主编。全国公安文联散文分会副主席兼秘书长。出版有《坡嗲》、《上善若水》等作品。作品曾获《羊城晚报》杂文大赛、中国报人散文奖等奖项。

黑之魅

陈 谊

这是挖掘在报纸上的黑色陷阱
你失足的名字再也没有爬起
并永远失却了归期
长方形的黑框如弹夹
压满正义愤怒的子弹
使你的名字成为阴阳两世的交叉点
我的想象凝固定格

这是一个十分美好的早晨
阳光明媚花朵芳香
陷阱里捞起的已是一个个故事
悲壮惨烈
罪恶的子弹穿过你的脑门
发出闪电的光芒
仿佛点亮你心目中神圣的愿望
成为你一生故事的高潮

一种声音穿越大地和天空

在我的脑海里化作警钟

长出橄榄绿的萌芽

阳光下月色里

我守护着你的警魂

总有一种声音让我泪流不止

滴血的阳光照在我头顶的国徽

闪烁着法律的尊严及人格的高尚

（原载国际文化出版公司2001年版《爱情像太阳》）

陈谊，笔名艾璞，1967年生，福建莆田人。浙江省公安厅新闻传媒中心记者。浙江省作家协会会员，全国公安文联会员。在全国各级报刊发表诗歌四百多首（组），多次在全国、省、市诗歌大奖赛中获奖并入选《中国当代公安诗选》等十多种选本。出版有诗集《爱情像太阳》、《珠穆朗玛的爱》、《王法金之歌》，散文集《月光走过心灵》等。

致无名者

孙　刚

战斗在看不见的战线，
肩负特殊的使命。
便衣警察的职业，
不允许我有警察的造型。

默默地耕耘，默默地播种，
铸就我特有的技能：
两眼能察可疑踪迹，
两耳可辨异常动静。
斩断伸向尊严的黑手，
卡死觊觎正义的脖颈。

也许我的故事很曲折，
我却不能展露电视荧光屏。
默默复默默是天职，
世人不知也无憾。

暴雨哗哗给我沐浴，

风雪飕飕给我壮行，

月亮认识我，星星认识我，

这，足以慰藉我的心灵。

（原载西苑出版社 2002 年版《人生感悟絮语》）

孙刚，1936 年生，笔名里夫，山东夏津人。曾任中国人民公安大学出版社总编辑、编审。北京市作家协会会员，中国散文诗学会会员。发表报告文学、散文四十多万字，杂文近百篇，出版有诗集《爱恋情歌》、《爱的多味素》、《人生感悟絮语》。作品多次获奖，并被收入多种选集。

老民警

杨 角

我无意叙说你的辉煌
胸前的奖章早已
星子般照亮你人生的夜空
而今你退到光芒后面
平静得像一名孩童

从正义与邪恶的喧嚣中退出来
和几件洗得泛白的旧警服
恪守一种宁静
你酡红面庞
把生与死的呼啸演绎成
一次次不经意的微笑
太多的生死沉浮
悲欢离合
留下钢铁的冷峻
和水一样的从容

你是水而今已归于大海

你是钢铁铸就的利剑

内敛着本真的勇猛和杀气

一旦魑魅出现

你便会如虎一样

扑向生活的丛林

走进新闻的头版头条

（原载《雾都剑》2002 年 6 月号）

　　杨角，四川宜宾人。中国作家协会会员，鲁迅文学院第二十三届高研班学员。职业警察。宜宾学院兼职教授。作品散见《人民文学》及《诗刊》、《星星》等诗刊，被收入数十种选本。获过奖。出版个人诗集七部。

长 霞

雷抒雁

又一个春风沉醉的
　　　　　季节
又一个朝霞如花的
　　　　　清晨

柳丝舞动
　　　春风
蓝天托举
　　　白云
霞光是你
　　　灿烂的笑容
霞光是你
　　　眷恋的心
每天，每天，
拥抱故乡的土地
拥抱母亲般的
　　　　　城镇与乡村

这一片天空
            晴空朗朗
朗朗晴空
            长霞如剑
劈开了每一层
            阴霾和乌云
这一片土地
            泥土芳馨
芳馨泥土
            长霞如风
扫荡了每一缕
            垃圾与尘土
把清澈
            还给人民
把平安
还给人民
让每一寸土地
都为人民生长
黄金

长空落雨
是你流过的
            泪
是你流过的
            汗
是你年轻的血
滋润着土地和
            人心

有风吹过
吹过
　　平原和森林
长霞
　　长霞
　　　　长霞……
一声声
回响的是母亲呼唤女儿的
　　　　　　　　声音

想你在每一天
每一个晴朗的日子
仰望长天
看朝霞染红
　　　　　清晨
想你在每一天
每一个温暖的日子
遥望天边
看晚霞送走
　　　　　黄昏

你的名字
留在故事里
留在传说里
留在每一个人心

人们为你立碑

立在晴空里
立在蓝天上
立在每一片彩云

长霞
　　长霞
　　　　长霞……
归来吧
我们为你洞开着
每一扇门……

（原载群众出版社 2005 年版《霞映长天》）

雷抒雁（1942—2013），陕西泾阳人。曾任《诗刊》副主编、鲁迅文学院常务副院长、中国诗歌学会会长，中国作协第五届、第六届、第七届全委会委员。著名诗人。《小草在歌唱》是其著名代表作。

春天，我们在寻找一位女人的身影

——为任长霞牺牲一周年而作

逯春生

这个春天

和以往没有什么不同

原野里的麦苗如约而至

远村的鸡鸣

伴着袅袅的炊烟飞升

只是今年

四月的天空雨雾凝重

让这个牧童遥指的时节

已成为另一种风景

重叠了光阴的乡间小路上

人们一次又一次地驻足

期盼一个头戴警徽的女人

从远方归来

一年的生死别离

给了我们三百六十五个相思

饱经风霜的母亲

每天都用残损的手掌

抚摸你温暖过的那条石凳
她在等着看你
头披红纱那新娘般羞涩的面容
她还想亲耳听你高歌那曲
撼天动地的木兰从军行

今年的春天
青草伸出了嫩绿的小手
掬起了露珠对阳光的感动
穿越了晨雾的小鸟在向原野诉说
一个娇小的女人
如何走过了高大的一生
平凡而传奇的故事
怎样使每一颗善良的心永驻虔诚
四十年的行程
走得好辛苦　好辛苦
浓缩了大爱的身躯啊
凝聚着
战士对正义的敬畏
绿叶对土地的忠诚

桃花开了
你的微笑温柔似水
风起处
又见你的侠骨千钧
搏击邪恶利剑如虹

阳光下，你是守望公平的天使

黑夜中，你是捍卫正义的尖兵

站着，你是为人民遮雨的巨伞

倒下，你是前行的铁轨上一枚坚韧的道钉

这方水土啊

用淳厚的民风

养育了一位如花的女人

这座城市啊

以敬仰崇高的礼仪

铭记着你烈如男儿的雄风

背起了春天的行囊

行走在命运的风中

人们啊

你们可曾见过她

挥戈中原

驰骋豪情

千古绝唱的忠贞里

你们可曾听说过这位河南女子

她花朵一样追寻阳光的美丽爱情

如今在人们含泪的怀想中

她已化作一只匆忙的蜜蜂

心连着芳草

情暖着百姓

把热爱春天的身影

刻进谷穗成熟的时刻

留在我们灵魂芬芳的梦中

（原载群众出版社 2005 年版《霞映长天》）

　　逯春生，1966 年生，黑龙江绥棱人。全国公安文联诗歌分会副主席、全国公安文联首批签约作家，鲁迅文学院第二期公安作家班和第二十三期高研班学员。在《诗刊》、《文艺报》、《诗选刊》、《人民公安报》等刊发作品若干。2018 年获中国公安诗歌贡献奖。

警察的加减法

黄化斌

加上节假日星期天
及八小时以外的时间
就等于你一年的工作日

减去建学校修公路
给灾区贫困户的捐款
就等于你一年的工资

给生活加上安宁幸福
再减去社会上的暴力歹徒
这样反复加减之后
就等于你一生的付出

那么加上自己
眼角的皱纹两鬓的银丝
母亲病逝时
未见最后一面的遗憾
妻子临产时

没在身边的愧疚
孩子就不到业
让其背井离乡去打工的心酸
又等于什么呢

也许这一道难题
你一辈子
都找不到答案

（原载中国三峡出版社 2006 年版《警察与浪漫》）

黄化斌，1966 年生，重庆潼南人。重庆市作家协会会员。在全国数十家报刊发表诗歌、散文、中短篇小说千余首（篇），作品多次获奖并被收入多种选本。出版有纪实文学集《警旅笔耕》，诗集《圣洁的初吻》、《警察与浪漫》等。

那一刻
——给地震中的警察李国林

杨 锦

那一刻
无数个稚嫩的声音在废墟中挣扎
求救声中就有自家的娃儿
你肝肠寸断泪流如血
你是娃儿的父亲
是父亲怎能不把自己的骨肉牵挂
可你又是一名警察啊
是警察又怎能只顾自家的娃儿

那一刻
在父老乡亲们的眼里
警察就是遮风挡雨的天
警察就是托起生命的地
地已陷了
可天不能塌啊
哪一个娃儿不都是
咱自家的娃儿
那一天你挖出一个又一个娃儿
那一夜你抱出一个又一个娃儿

生与死之间
也许只有一步的距离
二十个小时过去了
三十多个娃儿被救出来了
可就是没有自家的娃儿

那一刻
你终于见到了自己的娃儿
却再也听不到呼喊声了
雨在哭泣风也停止了呼吸
终于可以无声地坐下来
用布满伤痕的手
为永远睡过去的娃儿
擦去脸上的污泥
把失落的课本和书包
——捡起

那一刻
空气也仿佛凝固了
你就这样看着娃儿
向黑夜的深处飘去
你不知道
去天堂的路有多遥远
却知道匆匆上路的娃儿从此再也没回过头

那一刻
你多想再牵一次娃儿的手
把童年的儿歌唱起
伸手却不见五指

夜幕下星星一闪一闪
像娃儿的模样依旧那般调皮
人群中总有亲切的脚步走过
像娃儿的身影那般熟悉
父亲的娃儿
警察的娃儿
深埋在父亲的心里

那一刻
你擦去泪水又匆匆出发
让泪水在悲痛中
映照出生命的坚强
其实呀你还有你的兄弟们
不也是带着受伤的身体
从废墟中爬出来的吗
可你们是警察啊
是警察就不能趴下
是警察就要顶天立地
是警察就要把人民
放在最深最深的心里

（原载群众出版社 2008 年版《汶川诗抄》）

杨锦，1963 年生，内蒙古乌兰察布人。中国作家协会会员、全委，全国公安文联副主席。曾任中国散文诗学会会长。多年从事新闻、影视、出版等公安宣传思想文化工作。出版有《中国刑警纪事》、《守望如灯》、《漂泊》、《冬日，不要忘了到海边走走》、《杨锦散文选》等作品集，主编《中国当代公安诗选》、《汶川诗抄》等。荣获中国公安诗歌贡献奖等多种奖项。

一盏醒着的路灯

许　敏

两场暴风雪的间隙
合宁道口的风用数不尽的寒针刺你
你哈着热气，抖擞了浑身极度疲乏的骨头

警服结着冰，帽檐上是厚厚的积雪
你把棉鞋捆扎上一匝匝的布条
我打量你自制的防滑链，你回我一个冻僵的笑容

流过身边的钢铁长龙
在你的心中走着一条又长又细的钢丝绳
缓缓的雾气，在银白的世界里，徘徊，徘徊，再徘徊
如果从远处望，你的身影稀薄
像是有什么力量推动，突然奔跑，突然加速

接下来的七百米是你人生的终点
奋战七天七夜，牺牲前都保持着工作状态
身边是那只磨得破旧的工作包
散开一张写了一半的《工作日志》

"23 时上岗，0 时 5 分到双庙道口……"

好久没有嗅到阳光的味道了
你坚信太阳就在不远处
三十年的从警经历很平凡你也很少言说
这一站就站成了安徽高速路上年龄最大的交警
驾驶员朋友都说你是一盏醒着的路灯
在新闻报道中我把你写成忠诚的雕塑

（原载《诗刊》2008 年 3 月上半月刊）

许敏，1969 年生，安徽肥西人。中国作家协会会员。安徽省公安作协副主席。有作品入选《新中国六十年文学大系·六十年诗歌精选》、《〈诗刊〉创刊六十周年诗歌选》、《星星五十年诗选》等三十多种选本。曾获第二届中国红高粱诗歌奖、首届九月诗歌奖等奖项。著有诗集《草编月亮》、《许敏诗选》。

不朽的雕塑

刘国震

【题记】 四川省江油市公安局二十九岁的女警蒋小娟
将正在吃奶的儿子交给乡下婆婆照料，奋战在抗震一线，
并为震区急需哺乳的孤儿们喂奶。5 月 16 日，新华社记
者摄下了这感人的一幕。

一个年轻的妈妈正在喂奶，
丰满的胸乳洁白无瑕。
怀中的乳儿在贪婪地吸吮，
小脸灿烂成一朵鲜花。

把自己的乳儿丢在家中，
做震区孤儿的义务奶妈。
是谁摄下这动人的一幕？
全中国为之潸然泪下！

这是一尊不朽的雕塑，

向世界昭示母爱的博大。
哦，左臂上镌刻着她的名字——
中华人民共和国警察！

（创作于 2008 年 5 月 22 日；原载大众文艺出版社 2012 年版
《凝望岁月》）

刘国震，河北南宫人。鲁迅文学院首届公安作家研修班学员。
1985 年开始发表作品。著有诗集《那个女孩喜欢雪》、《心雨潇
潇》、《凝思与歌唱》、《凝望岁月》，以及评论集《感悟浩然》、散
文随笔集《岁月与人》等。

忠 诚

李炳天

有这么一群人，
　　　　——让世人震惊。
他们的代号，
　　　　——叫作忠诚！
危难时刻他们挺身而出，
生死关头他们气贯长虹。
"1·25"大雪灾，他们吃苦在前，
"3·14"大骚乱，他们忍辱负重，
"4·13"大营救，他们奋不顾身，
"5·12"大地震，他们不怕牺牲。
啊！人民警察，我亲爱的弟兄，
他们每时每刻捧着鲜红的心，
向伟大的共和国表达着忠诚！

有这么多一群人，
　　　　——让世人震惊。
他们的化身
　　　　——叫作忠诚！
打黑除恶他们嫉恶如仇，

追凶办案他们义愤填膺，
缉枪缉毒让坏人闻风丧胆，
平安建设让人民如沐春风……
啊！人民警察，我亲爱的弟兄，
他们时时刻刻用满腔热血，
向广大人民群众奉献着忠诚。

有这么一群人，
　　——让世人震惊。
他们的人格，
　　——叫作忠诚！
面对重金贿赂，他们守得住清贫铁骨铮铮；
面对艰难困苦，他们耐得住寂寞天籁定听；
面对女色香风，他们抗得住诱惑风清气正；
面对花花世界，他们顶得住糖衣炮弹酒绿灯红。
啊！人民警察，我可亲可敬的弟兄，
他们日日夜夜用殷殷真情，
向伟大的党展示着忠诚！

有这么一群人，
　　——让世人震惊。
他们是普通的人民警察，
　　——他们的名字都叫忠诚！
他们是党和人民的儿子，
他们是红色信念的精灵，
他们是共和国的卫士，
他们就是咱们的人民警察！
　　——咱们的民警！

咱们老百姓的民警啊，
他们叫——忠——城！

（播映于吉林电视台 2008 年 8 月 1 日）

等你回来

杨　锦

我至今还不能相信
死亡会如此向你靠近
在一个下午
从背后袭来
你是我的兄弟
我却无力把灾难推开

当加勒比海不再蔚蓝
当冰凉的瓦砾将你压埋
你是我的兄弟
我却无力把你身上的石块搬开
我弯腰捡拾心灵的碎片
却无法组合出它的模样

我知道这个夜晚来得太早
黑暗的重量压在你的胸膛
我只能在漫长的黑夜
为你点燃祈祷的蜡烛

我渴望这微弱的光芒
能穿越大海的苍茫
为太子港破碎的墙壁
照出一点点希望的亮

当悲怆的汽笛
把心中所有的痛鸣响
当不尽的泪水
把心中所有的梦想漂白
接你回家
机翼下绵延着万里伤悲
你是我的兄弟
我只能在寒风中伫立
等你回来

胸前的白花早已透尽了苍白
魂兮归来
我的兄弟
轻轻地请你放慢你的脚步
天堂里有鲜花盛开
不再有瓦砾废墟
和那看不见底的黑
只有一片洁白的
承载着和平的羽毛
在飞

（原载群众出版社 2010 年版《接你回家·海地地震遇难中国维和警察纪念诗集》）

你的名字，在每一朵花上开放

——清明节怀念公安英烈

艾明波

此时，怀念
在这有雨的早上
正铺天盖地地走近哀伤
而你的名字
也正在每一朵花上静静开放
香气袭人地
接受不再属于你的阳光

泪水也能列队么
如此的笔直又如此的义无反顾
像你接到命令时抵达现场
头也不回，直奔血色苍凉
你就那样不知疲倦地走啊走啊
走出了一篇长长的祭文
和祭文之后
那长长的念想

我，紧攥着空洞的叹息
心，却一落千丈
把絮絮叨叨的话也种进土里
它也许不会叮当作响
但却意味绵长

那时候，站在你照片的里头
和你一起血气方刚
用枪声与黑夜说话
用愤怒把恶毒烧伤
而如今，站在你照片的外头
一张薄薄的相纸
隔开了生死茫茫
疼痛一如这返青的野草
遍地生长
我宁愿用每一滴泪
作诗成行
也宁愿用每一滴血
殷红你的悲壮
面对于你
所有的生，都轻薄了分量

许多年了
我害怕写这样的文字
而我一直在写这样的文字
我甚至相信——
你的离去是一场惊天的说谎
而你

就那样地睡在麦穗和星星之中
安详在蓝天白云之上
在清明以外的日子
于我们的背后——
深情瞩望

（原载群众出版社 2010 年版《大写忠诚》）

艾明波，1962 年生，黑龙江绥化人。黑龙江省公安厅政治部副主任。中国作家协会会员，全国公安文联副主席。"公安部金盾文艺奖"、"中国公安诗歌贡献奖"、"黑龙江天鹅文艺奖"获得者。多次参加公安部春晚策划、撰稿，系公安部文艺小分队首任撰稿、公安部大型文艺活动总撰稿。

人民警察

艾明波

信念中嵌进了太阳的光华
征途上浩荡着金戈铁马
血脉里浸透着鲜红的色彩
心里边装着一个强大的国家
我们，有一个光荣的称谓——公安战士
我们，有一个响亮的名字——人民警察
与人民同在
我们走出了一条忠诚的道路
与共和国同行
我们飞奔着一代代强健的步伐
风刀雪剑打造出一支坚强的队伍
滚滚红尘历练出纯粹的平凡与伟大

沧桑岁月
激荡着一卷英雄的史诗
光荣历程
昂扬着一个壮烈的神话
目光尽头标识着爱的刻度

漫漫征程印满了情的表达
战争的烽火
锤炼了大义凛然的铮铮铁骨
和平的礼炮
绽放出安定祥和的璀璨鲜花

在没有硝烟的战斗中
我们知道了使命的光荣
从"公安系于一半"的叮咛里
我们懂得了责任的重大
无数次生生死死的暗战
惊心动魄
无数次深入虎穴的历险
千钧一发
可就在这刀锋上走过的一串串背影
连真实的姓名都在隐藏
他们带着一辈子的秘密
长眠于地下
松涛阵阵，他们是默默生长的树
芳草连天，他们是悄悄开放的花
但共和国不会忘记
人民不会忘记
他们用生命筑起的丰碑
巍巍赫赫、万丈光华
是啊
我们都是共和国的儿女
生命的字典里只有两个字——报答

我们从遥远的烽烟中走来
被朴素而深情的老百姓亲手养大
我们是两百多万队伍中的一员
被庄严神圣的使命召集到麾下
血脉里奔腾着滚烫的忠诚
生命中跌宕着激情的迸发

长天之下
我的舞姿跳动着真爱的旋律
大地之上
我的节奏跟随着时代的步伐
三尺岗台，我守护南来北往
红绿灯下，我迎送晨曦晚霞
我把手臂当成一条道路
沿着这路
无论到哪儿
都会平安抵达

风里雨里，我在家长里短中奔走
白天黑夜，我在柴米油盐中牵挂
走进赵钱孙李
温暖万户千家
纷繁中的琐琐碎碎
杂乱里的婆婆妈妈
所有这一切
都是我说也说不完的悄悄话
我路过的风景很多——日月星辰
我要走的道路很长——春秋冬夏

刀光剑影中，我是带有思维的子弹
准确着靶
攻坚克难时，我是一路呼啸的劲风
席卷狂沙
漫漫长夜，常常用思考灼痛黑暗
苦苦追踪，常常是伴着生死搏杀
我的岁月——惊心动魄
我的生活——摸爬滚打
在这个石头都能发芽的行列
热烈的激情也能把岩层融化
也许，我刀尖上的舞姿并不优雅
但热血忠魂就是最壮美的英雄图画

我们，是光荣的人民警察
是忙里忙外的马天民
是温暖如春的任长霞
是勇敢喋血的买买提江·托乎尼亚孜
是亲亲热热的邱娥国、张建华……
还是啊
还是——东莱派出所声名赫赫
还是——"枫桥经验"誉满天下……
抢险救灾，我为生命打开平安的通道
浓烟烈焰，我用磨砺锻造闪光的年华
爱国固边，我用青春捍卫疆土的辽阔
稳定社会，我用春风吹开和谐的繁花

亲情与法律的较量

我心向正义坦荡无瑕
刀锋与刀锋的对峙
我斗智斗勇心细如发
我知道我很普通
普通得如一棵草一粒沙
然而，就是这平平淡淡的普通
支撑着共和国平安的大厦

我也知道啊，我疲惫的奔波
会给妻儿留下那长久的牵挂
我更知道啊，我悲壮的出征
会给父母留下的是白发送黑发
或许有那么一天
我真的会轰然倒下
可即使倒下我也会朝着黎明的方向
让鲜血在大地上隆重地开花
因为，从我选择了这份光荣的那天
我就扛起了祖国和人民的重托
就要慷慨赴死平安天下

灾难中，我是希望的帆
温馨中，我是明媚的霞
危困中，我是迎风的旗
生活中，我是心灵的家

骨头里刻满了钢的坚硬
生命中倔强着山的挺拔
情，在天地间播撒

根，在群众中深扎
无论是在战争的风烟里
还是在和平的阳光下
我们就是那永远感恩的向日葵
把人间的真诚挥写得淋漓尽致潇潇洒洒

大爱如歌
生命如花
我们，是共和国骄傲的儿女
光荣的人民警察

（原载群众出版社 2010 年版《大写忠诚》）

中国公安

川江号子

说你平凡却更光荣

说你普通却更伟岸

长城脚下

一支忠诚的队伍

用真诚

守护中华大地的美丽

用生命

捍卫共和国的尊严

同有一颗心

共铸一把剑

肝与胆相照

心与心相连

一片深情写春秋

一个信念保家园

这就是中国公安

这就是神州卫士的心愿

不问回报只讲奉献

不计名利只为国安

黄河岸边
一支正义的队伍
用热血
维护中华大地的稳定
用铁骨
铺架共和国的精彩
同一个承诺
同一份爱恋
风雨同舟行
生死置身外
一腔热血铸警魂
一片丹心创和谐
这就是中国公安
这就是神州卫士的风采

（原载宁夏人民出版社 2010 年版《寻找中国的血型》）

川江号子，本名王勇，1966 年生，四川旺苍人。四川省广元市公安局政治部民警。四川省作家协会会员，鲁迅文学院首届公安作家研修班学员。在《人民文学》、《诗刊》等百余家报刊发表作品千余篇（首）。作品三十余次入选当代中国文学年选，多次获全国、省、市文学奖。

逆行的三轮车

邓诗鸿

一辆逆行的三轮车被同事挡下
对讲机中传出急促的呼叫声
报告0349，发现一辆逆行的三轮车
如何处置，请指示
一辆破旧的三轮车，一身铁锈
车把也歪歪扭扭，那小小的车厢
满载着旧酒瓶、易拉罐、破塑料
和码得高高的废纸片
几片纸屑从车上飘下来
在宽阔的街道上落下，又飘起
多么令人心动

一个收破烂的三轮车夫，他为自己
一天的收成情不自禁，沾沾自喜
他不由自主地闯入了机动车道
这个在废弃的生活颗粒中打滑的人
这个一生谨小慎微
走路怕踩死蚂蚁的人

此刻，一副做错事的样子

他不停地懊悔、自责，一脸的无助

恨不得扇自己几个耳光

他蓬头垢面，衣衫褴褛

手上的伤口还流着血

一身脏兮兮的，一股难闻的气味

同事建议要将三轮车扣下

我阻止了他。至今

我没有给同事一个合理的解释

我只是在心中默默地告诉自己

时至今日，能够为多收几个旧酒瓶、易拉罐

破塑料和废纸片而沾沾自喜

如今又有几人

一辆逆行的三轮车，在风中慢慢远去

几片纸屑从车上飘下来

随风卷起，又落下

（原载二十一世纪出版社2010年版《一滴水也会疼痛》）

邓诗鸿，本名邓大群，江西瑞金人。江西省赣州市公安局交警支队民警。在《人民文学》、《诗刊》、《中国作家》、《收获》、《十月》等报刊发表作品一千余篇（首），并有诗作入选《中国诗歌年鉴》、《中国诗歌精选》等。出版有诗集《青藏诗篇》、《一滴水也会疼痛》、《一滴红尘》，散文集《从故乡出发的雪》等。

迷路的小男孩

邓诗鸿

他甚至把宽阔的红旗大道当成客厅
把汽车转盘当成客厅里的足球场
迷路的小男孩，一边追逐一边嬉戏
他肆无忌惮的欢乐高出大地一寸

一辆捷达"嘎"的一声措手不及
他只是微微一抬头，一副爱理不理的神情
——它最多只比家里的电玩车块头大一点而已
再抬头看看一长串车流
他清脆的哭泣比喇叭的噪声悦耳几分

迷路的小男孩，在小交警的怀抱里
掐着指头盘算：三岁该伸几个小手指
还没答案便已经舔着指头轻轻睡去
他醒来的第一句话竟说
交警叔叔，你知道我的家在哪里

天色渐渐暗了下来，小交警正在为他漱洗
他惊慌的脸色突然绽开一朵红晕
交警叔叔，电视里正在找我
真想不到我也上了新闻

（原载二十一世纪出版社 2010 年版《一滴水也会疼痛》）

光荣属于你

朱 海

我站在大海的通道——黄浦江口
以中国馆雄姿的美妙发出未来之邀
借来一百八十四天日月的祥和和春华秋实的辛劳
给地球留下一份披红挂绿的平安报表

这份报表迟到了百年
精彩的报告是大上海五万金盾集体荣耀
今天面对你们，我要大声地说出"骄傲"
百年圆梦，是你们亲手把它铸就成
当代中国一个伟大时代开启的坐标

整整一百八十四天，在东海扬波的一角
你们以昆仑雪、长江浪、黄河涛
打开了通贯古今的"清明上河图"画卷
神采飞扬地勃发出一个千年不朽的民族
与时代追星赶月的同步心跳

我看到了这一刻，你在世界的目光中

坚定的身影、亲和的微笑和警徽神圣的闪耀
当七千三百万双目光投向你的同时
哪里是在刷新世博会的纪录
而是实实在在把一个和平崛起的国家
最新的形象活生生地塑造

这里是五点三平方公里的世博园区
是我们的祖国是我们的上海
用心馈赠给地球未来的一个大礼包
当世界第一次集结在这里用彼此的拥抱
延展一馆一路，染绿一草一木
所有的民族和国家写下的是
各种声音合成的人类未来"出师表"

我仔细地披览这一百八十四天挥就的"出师表"
仔细寻找你的岗位、你的名字、你的警号
我一直想破解一个萦绕心中已久的问号
为什么在所有辉煌的时刻总是看不见你
而你却总是用沉默的背影无声地付出
把这世界的舞台加固垫高

你在哪里，平安中国就在哪里
我不用满世界地把你去寻找
一百八十四天全世界快乐进出世博园的票根上
留下的就是对你奉献精神最完美的写照

你在哪里，成功的世博就在哪里
当闭馆的灯光最后一眼深情地留恋黄浦江

我真想把你们都请回所有场馆
用天下最大的广角镜头
为百年后的中国留下一张寄还今日的集体照

照片里有我退休的老警官重披征衣的笑容
照片里有母女同阵、父子同岗共哨
照片里有无数感人的瞬间
我叫不出你的名字
我的金盾兄弟，我的警察姐妹
但我心里知道有很多很多的画面
很多很多的细节值得在未来很长很长的岁月里
我们一起慢慢地咀嚼，细细地回味，深情地寻找

你在哪里，你就在我眼前
你在哪里，你就在我身边
你在哪里，你在祖国的光荣里
你在哪里，你在大上海的生命里

在今天这个盛大的庆典仪式上
我们远道而来，就是要把一个全中国人民美好的礼物
赠给你，人民警察

这是一份沉甸甸的礼物
凝聚着一个民族的梦想
一个时代的骄傲，一个国家创新的召唤
和我们所有人双手捧出的神圣荣光

这就是两个字——光荣

光荣属于你，我们的世博卫士
光荣属于你，我们的人民警察

（播放于2010上海世博会安保庆典；原载群众出版社2012年版《公安记忆》）

朱海，著名诗人、词作家、策划人，多次担任央视春晚策划、撰稿人。

西部警察西部魂

袁瑰秋

【题记】此诗系为 2011 年公安部"公安文化基层行"
文艺小分队赴西部慰问演出创作的主题朗诵诗。

千万里　我捧一颗真心而来
来朝圣　这一片离太阳最近的大地
来呼唤　这严冬里刚刚醒过来的
西部群山

雪莲花　推开雪被迎来朝阳
丁香花　就要漫山遍野盛开
春天啊　春天啊　就这样
势不可挡地来

可我　却怎么　怎么也
忘不了
阿勒泰一米多深的积雪里
哪怕是跪倒　也依然背着受灾群众前行的你

忘不了
为地动山摇的玉树
拼死撑开一条生命通道
让美丽的三江源挣脱死神封堵的你

忘不了
灭顶之灾的泥石流裹挟舟曲的时候
向着洪荒般的惊涛　冲过去　托起苍生的你

忘不了
当不幸从城市背后袭来
从噩梦中救出无辜群众的你

这就是你
简简单单却又轰轰烈烈的西部警察
听说你站岗的地方　氧气吃不饱　风吹石头跑
听说你最大的奢望　莫过于看见一块陌生的石头
可你却在生命的禁区　划出一道绚烂的彩虹
于灵魂的极地　绘出一片极致的风景

这一刻　我站在这里
披一身长河落日的大漠孤烟
任西部暴烈的旷风　击打我胸中黄土地一样的沟壑——

这里是西藏公安"一·一二"英雄群体谱写生命壮歌的茫
茫雪原
这里是拉玛才旦永远合上了太阳般圣洁双眼的巴颜喀拉山
这里是海小平如歌的生命　如花的青春　永远闪亮的塞上

江南

　　这里是刘晓东身中十一弹　　流尽生命里最后一滴血的红色
陇原

　　这里是赵新民不惜用生命化作云烟　　也要魂牵梦绕的美丽
天山

　　这一刻

　　我捧着我这颗疼痛的心　　找寻你的心跳你的呼吸

　　仿佛国旗卫士手捧着五星红旗　　抱了又抱　　亲了又亲

　　只因这鲜红的国旗上　　跳动着你忠诚的心　　滚烫的血

　　这一刻

　　我坚信　　你在天堂　　含笑的眼睛

　　一定听得见我胸膛里的声音

　　一字一句——

　　亲爱的战友啊

　　我可敬可亲　　可歌可泣的警察弟兄

　　共和国总警监以你英雄的名字为你长眠的群山命名

　　全国两百万人民警察以庄严的名义向庄严的你敬礼

　　因为有你

　　人民警察的方阵里就有了最坚硬的风骨

　　因为有你

　　伟大祖国就有雄奇的西部和平安的版图

　　请允许我　　以流溪的名义　　向西部的群山致敬

　　因为群山怀抱的　　正是你博大的胸怀

　　请允许我　　以春天的名义　　向盛开的花海致敬

　　因为每一朵盛开的花儿　　都是你绽放的笑脸

请允许我　以平凡的名义　向崇高致敬
因为正是一个又一个平凡而普通的你
让生生不息的人类　拥有高贵而不朽的性灵

西部警察西部魂
你的风骨构筑了　青藏苍茫　昆仑巍巍
西部警察西部魂
你的魂魄雕刻这　人间静好　祖国壮美

（原载《啄木鸟》2011 年第 8 期）

　　袁瑰秋，女，笔名桂子，1970 年 9 月生，重庆沙坪坝人。中国
作家协会会员。全国公安作协诗歌分会副主席，广东省公安作协主
席（秘书长），现任职于广东省公安厅。出版文集 6 部。报告文学
《擎天》曾荣获金盾文学奖；原创剧本《西关大屋》被拍摄成同名
电影。

海地有你，海岸有我

臧思佳

为了和平，放弃和平
为了生命，放弃生命
因为不舍，所以割舍
因为热情，所以冷静

神圣使命前
你选择像风一样异国飘零
一上路就把星辰日月甩在身后
把疲惫留给来生
海地的山峰勾勒你坚强的棱
祖国的血脉折射你不屈的影
让大海作证
海岸上空我选择做一只白鸥
忘记了怯弱
唯有你精神如剑的犀利支撑
不同的国度
坚守共同忠诚于党维护和平

和平使者中
你选择了沙一样渺小泥泞
肆虐的磨砺冲刷出海滩的宁静
把伤口独自舔平
揉碎海地一个个冬天的噩梦
焐暖身边每一粒沙石的憧憬
让海滩作证
黄海岸边我注定站成一棵树
无惧狂风
所有感情是回报海滩的馈赠
异域的风景
渲染同样无私奉献承诺无声

战火洗礼下
你选择另一种活法是战争
倔强的目光早已量出生死路程
却假装遗忘天明
穿越黑夜用微笑平息了风暴
军功章的泪痕陪你沉睡黎明
让海浪作证
海面卷起的千万朵红色浪花
甜美到哀伤
是温暖的海水拥你热血哀鸣
把重任高擎
在我们共同的征程无悔此生

英雄赞歌里
你选择做一只不倦的苍鹰
一路激昂为正义所充实的歌声
啼血的旋律长鸣
高亢地缭绕在悲伤的海面上
扯裂每一个你热爱过的心灵
让海风聆听
我是海岸线一路播种的音符
没唱完的歌
让海的飓风把我炼成你的声
没谱完的曲
让海的狂涛把我塑成你的情

大爱无言诉
你选择化一抹阳光的轻盈
用背上的利剑驱逐阴霾送光明
单薄有力的光影
背后诠释生命不可承受之轻
你渴望的方向妻儿泪洒全程
让海水倒映
橄榄绿渲染海岸同样的年轻
如水的掌心
捧出海的深沉慰藉故土亲朋
血泪中播种
边防线上我们与你共续征程

为了深情，放弃感情

为了光明，放弃天明
因为留恋，所以决然
因为坚定，所以飘零

（原载中国戏剧出版社 2011 年版《橄榄树的红果实》）

臧思佳，女，1985 年生。中国作家协会第九次全国代表大会代表，中国作家协会会员，全国公安文联签约作家，北京市音乐家协会会员。中国作协鲁迅文学院学员，中国音协第五期高研班学员。获评中国作家协会 2018 年度重点扶持作品；入选中国作家协会 2019 年度作家定点生活项目。出版诗集三部、长篇报告文学两部。

忠 诚

朱 海

曾经在梦中多少次苦苦地寻觅
九十年前那七月流火的晨曦
一次惊天大幕的开启划出了新世界的舞台
也划出了我们这个城市如歌的足迹

那是一行穿越黄浦江的高亢汽笛
至今仍激荡在我们的血液里澎湃不息
那是一阵冲向光明彼岸的浪涌潮击
穿越黑暗，奏出镰刀铁锤的神圣交响曲

大上海，我脚下这片神奇的土地
为什么我对你怀有深深的敬意
因为中国共产党就诞生在这里——
我的忠诚找到了生命的母体、永恒的呼吸

我想问，当今世界一座什么样城市的警察
能有我淬火不断的思想、雷电击不垮的钢铁躯体
从"一大"召开的那一天起

我就驻守在这里，守护着中国共产党人出发时的秘密

我想问神州大地，一个什么样节日的欣喜
能牵手几代人的情感，让时光变成奉献的记忆
当世博会的中国馆炫亮天地
我就守望在这里，见证着中华民族百年圆梦的奇迹

党啊，整整九十年，我忠诚的誓言始终如一
从上海工人三次武装起义到红队锄奸清扫污泥
从"龙潭三杰"解危党中央到永不消失电波的响起
腥风血雨中，我的名字是你真理的火焰、生命的护翼

整整九十年，党啊，我忠诚的步履坚定不移
从镇压反革命到打击不法奸商囤积居奇
从"十年动乱"后社会治安治理到新警务机制改革新世纪
和平环境里，我的使命是你江山的根基、平安的日历

大上海从来就是风云汇聚直面大洋的呼吸
上海人也习惯通过人的职业判断价值的高低
有人问我，一个警察的身价能值金钱几许
朋友，想知道我的答案吗
来，一起走进上海公安博物馆

这是中国第一家关于"忠诚卫士"的主题博物馆
陈列的是我们的过去，没有过多表白也没有猎奇
一代又一代上海人，公安的形象在这里沉默地伫立
姓名不同，年代不同，职位不同，文化程度各有高低
但忠诚为党、平安为国、奉献为民

是他们壮美人生的标志、崇高境界的唯一

今天，我骄傲地成为他们队伍中的一员
我要自豪地告诉我的城市，顺便回答那位朋友的好奇
生命中什么都可以放弃，有一样东西无法从我心中夺去
九十年金不换，再过九十年它也照样活在我心里

这就是"忠诚"，一个大上海普通警察的铮铮誓言
化成的澎湃热血，挥就的铿锵诗句
这就是"忠诚"，一群刚刚走出警校的 90 后新警
上岗接班时向神圣的国徽承诺的敬礼

我们的大上海啊，一座如歌的城市
什么是你激扬千秋的英雄曲
从九十年前那七月流火的晨曦开始序曲
一路高歌，辉煌壮丽，薪火永续……
今天，当时代大幕又一次向历史的舞台隆重开启
我们看见"一大"的会址已经融入了上海新天地
你看见我了吗，在熙熙攘攘的人流里
每天我都会在这里迎接朝阳的升起
从这里出发，从这里出发
续写大上海一个警察"忠诚"的日记

（《警之魂，民之力》——2011 年上海公安庆祝建党九十周年
暨全国公安系统厅局长会议汇报演出。原载群众出版社 2012 年版
《公安记忆》）

天堂的梦想（朗诵诗）

鲍尔吉·原野

男：假如在天堂上
　　有一座中国警察的殿堂
　　那该是怎样的悲壮

女：警察，在挂着金色盾牌的殿堂里
　　朝故乡伫望
　　他们在寻找
　　寻找属于自己的社区街道
　　寻找派出所的门窗

男：警界的男儿伫望人间
　　把妻儿的名字
　　刻在天堂的树上
　　名字和树一起长大
　　回忆，怀想

女：天堂虽然巍峨宁静
　　有鲜花和泉水

却没有亲人的照片和影像
没有叠在床边的警服
没有挂在墙上的"七七式"手枪

男：警察们在天堂有梦
梦见妻子唠叨
梦见战友的生日聚会
梦见去医院探望生病的所长

女：警察远行，把人间划出一条河
河这岸，是天真活泼的儿女
满头白发的高堂

男：河那岸，是孤独的警界男儿
他走了，什么都没有来得及带上
哪怕带一杯壮行酒
带走一句话、一首歌
也不至于让我们挂肚牵肠

女：警察远行
让烈士家里永远少了一个人
饭桌上少了一双筷子
床下少了一双鞋
拜年的时候少了一盅酒
母亲少了儿子
妻子少了可以依靠的肩膀
孩子沉默了
有一个词，被永远封存在记忆里

它叫——爸爸

男：当别人叫"爸爸"的时候
　　孩子，你喊不出来
　　如果有天堂，他果真在天堂吗
　　能不能听到我们倾诉衷肠

女：悲情传来，母亲多了皱纹
　　家里多了一尊遗像
　　警队里多出一张办公桌
　　战友多了一份悲伤

男：我宁愿相信
　　天堂有一条河流
　　当警察的儿子
　　把思念装进漂流瓶
　　慢慢漂回故乡

女：我相信天堂很安逸
　　让警察们歇一歇吧
　　不再值班，不再巡逻站岗
　　不再忍饥挨饿
　　不再为案件日夜奔忙

男：天堂如果能透视人间
　　警察欣慰
　　正义不倒，平安永存
　　金盾之旅，步履铿锵

女： 人民平安，国家兴旺
　　 一腔热血没有白流
　　 来生还要当警察
　　 长江流不尽，泰山石敢当

男： 当礼炮轰鸣的时候
　　 英雄们听到了胜利的凯歌

女： 当火焰升起的时候
　　 壮士们看到了锦绣的华章

男： 我们痴心不改
　　 我们豪情万丈

合： 我们坚守忠诚
　　 我们捍卫理想
　　 向前！向前！向前
　　 我们的队伍向太阳

（原载群众出版社 2012 年版《中国公安诗选》）

鲍尔吉·原野，1958 年生于呼和浩特，长于赤峰，蒙古族。辽宁省公安厅专业作家。辽宁省作协副主席。1981 年开始发表作品，已出版散文集《草木山河》等数十部。小说、散文、诗歌、报告文学等多次获奖。与歌手腾格尔、画家朝戈一道，被称为中国文艺界的"草原三剑客"。

别无选择
——一个人民警察的心声

田　地

我不是英雄
我只是一名在深圳警号为 268002 的警察
尽管党和人民把二级英雄模范的称号给了我
我仍然觉得这个光环对于我还相距甚远

看看一起领奖的那些同行，那些因为拆除炸弹
那些因为和歹徒殊死决战
不幸致残失去了手或脚的战友
他们坚毅的面孔才像风中满是弹孔的旗帜
才显得一个警察的生命是何等的庄严
何等地令人感叹

还有那些永远也不能走上领奖台的人们
他们永远地倒在了我们前面
永远地成为我们警察生涯中最深的怀念
他们虽然不可能像我一样的生者
去接受任何的荣誉头衔
可他们那颗不死的忠心赤胆

才值得千古流芳，万代垂范

真的，我只是做了一名警察
一名有着二十二年党龄的共产党员
该做的事情。这不是壮举也不叫奉献
因为警察的天职就是保卫国家和人民的生命财产
因为我们既然，选择了这份职业
就是选择了艰辛，选择了危险
选择了正义，选择了勇敢

那是一名年仅五岁的孩子
被一个丧心病狂的歹徒用刀劫持着
那是歹徒已经拧开了居民楼底层的煤气罐
而且还有三罐煤气就摆放在旁边
那是现场周围还有上千名围观的群众
他们虽然是用义愤填膺的目光在为我们声援
可他们一样有可能被无情的爆炸和烈焰吞噬

一样面对一场一触即发的血腥灾难
尤其是我看见劫持孩子的歹徒
已经在慌乱中点燃了煤气
一股股蓝色的火焰喷吐着，像恶魔一样乱窜
我作为一名人民信赖的警察
就应该冲在最前面
就应该义无反顾地向邪恶宣战

再说眼看着一个天真无邪的孩子
被滚滚的火焰包围着，灸烤着

即使我不是一名警察，我也是有孩子的父亲
我也会冲进火海扑向歹徒争夺孩子
我也会毫不犹豫地把手伸向那熊熊的烈火
去摸索着拧紧煤气罐
去用身体甚至生命去换回一千个人的安全
做一个铁骨铮铮的好汉
更何况我还是派出所所长现场的最高指挥
守土有责，我必须勇于承担

今天我站在这里
虽然那惊心动魄的一幕早已烟消云散
可我还是想说出
一个从死亡线上挣扎出来的警察
心中的所想所感

我出身军人从警多年
"怕死"两个字从来就没有写进我的生存字典
无论是作为一名通讯兵
出入在枪林弹雨的老山前线
还是作为一名警察侦破无数的大案要案
面对恐吓刀尖枪眼
经受各种各样的生死考验
我都是凭一身正气、一腔热血、一副正义的肝胆
去实践向党举起右手时就写满了未来的青春誓言

当我抱着救出的孩子纵身跳出火海
我已经像一个火人浑身被深度烧伤
撕心裂肺的疼痛告诉我

我不仅永远失去了完好的容颜
我的生命还要面对死神的严峻挑战

当我在医院被抢救时
我吃力地睁开了浮肿的眼帘
我依稀看见了和我生死并肩的同事
幸免于难的群众，还有仿佛久违了的妻儿
他们饱含热泪的双眼都有说不出的万语千言
劫后余生，我第一次感到生命之花竟如此温馨而灿烂

然而当我隐隐听见医生对妻子说
我的咽喉已经烧伤出血了、呼吸道有可能被感染
马上要进行大面积的植皮手术有百分之七十的危险
也就是说，只有三成的把握可以生还
……
望着妻子背过身去暗自抽泣时颤抖的双肩
我才知道四十六岁的人生旅程
有可能就这么走到了终点
我开始回首我们风风雨雨的从前
我在想相濡以沫的妻子啊
你对我没有丝毫的抱怨
而我对你却有太多的遗憾
到了生命的弥留之际
我才觉得原来我对这个世界如此地依恋

记得那天我被推进手术室时
我忽然对日夜守候在身旁的妻子说
你别担心，我会回来

如果回不来，咱们下辈子还做夫妻
我想说那些未了的心愿
下辈子我一定实现
夫妻情分我会加倍偿还

人们总以为我们当警察的早把生死看淡
其实真到了生离死别的时候
我们也有挥之不去的亲情
也有铭心刻骨的挂牵
应该说我们同样充满了生的渴望
我们也有爱的浪漫
但我们常常别无选择
只要人世间还有罪恶的阴影还有正义的呼唤
我们就要时刻准备用生命去捍卫生命的尊严
这是一种责任，也是一种爱恋
是早已注入我们灵魂的"人民警察"的真内涵

那一天我就是以从未有过的对生的渴望
从手术台上活了过来，我的生命又赢得了一次起点
而且仅仅住了三个月我就离开了堆满鲜花的病房
尽管医生告诉我还有几次手术等着我完成
直到今天我都不算出院

我又回到了熟悉的派出所，回到了忙碌的同事中间
回到了盼望团聚的妻子、儿子身边
真像是一次漫长的旅行
重逢的喜悦绽放在带泪的笑脸

曾经有人问

当初你为什么那样勇猛，那样坦然

那样义无反顾，那样大义凛然

我说，就一句话，我别无选择

别无选择

因为是警察就意味着战斗

别无选择

因为紧要关头我依然会挺身而出

别无选择

因为我头上的国徽告诉我

老百姓的利益

那就是命

那就是天

（原载群众出版社 2012 年版《公安记忆》）

田地，独立策划人，著名诗人、词作家。深圳市作家协会副主席。

等 待

——献给维和八烈士

高洪波

一月的寒风
将北京的天空
吹拂成雪色的苍白
此刻，伫立在凛冽的清晨
我们等待
等待你们归来

等待是一种企盼
等待是一种姿态
等待是一种焦灼
等待是一种无奈

我们等待
等待八位英雄的归来
一月的哀思
绵邈而沉重
你们把自己最后一缕呼吸
和大国的担当

留在执行维和任务的地方
遥远的海地以及
蔚蓝色的加勒比海

那里炎热喧嚣贫穷
掠夺伴随着野蛮
欲望滋养着杀戮
贪婪孵化着灾害
使整个人类的世界蒙羞
你们去了，去维护和平
用自己的警徽
和博大的爱心
去擦拭天空和大地的污渍
为孩子带去微笑
为父老捎去关怀
为焦渴的土地洒上雨露
为禾苗和花蕾送上阳光与色彩
而一场突如其来的天灾
无情地中止、剥夺了你们
以人类名义付出的大爱

此刻，八位战友，八位亲人
八位英雄从异国归来
此刻，在一月的寒风中
我们和祖国共同
把你们等待
等待国旗覆盖的灵柩
等待那沉重的时刻

缓缓驶来

等待是一种使命
等待是一份情怀
等待是一个选择
此刻，我，我们
默默地把你们等待……

再相逢，已无语
拭去泪光抬望眼
我们在等待中默哀
战友归来，战友归来
我们在黎明和晨曦中
等——待……
等——待……

（原载群众出版社 2012 年版《公安记忆》）

高洪波，笔名向川，内蒙古开鲁人。曾任《文艺报》新闻部副主任、中国作家协会办公厅副主任、《中国作家》副主编、《诗刊》主编、中国作协创联部主任、中华文学基金会理事长，中国作协党组成员、副主席、书记处书记。现任中国作协副主席，中国作协儿童文学委员会主任，全国政协委员。2009 年出版《高洪波文集》（8 卷本）。曾获全国优秀儿童文学奖、"五个一工程"奖、国家图书奖、庄重文文学奖、冰心儿童文学奖、陈伯吹国际儿童文学奖等，被评为中国少儿出版社"金作家"。

东极·守望

关长安

乌苏镇的第一抹阳光
把笑容写在我的窗上
在春天来临的时候
让祈愿在黑龙江上起航
黑瞎子岛的第一抹阳光
把骄傲写在我的脸上
在秋天来临的时候
让收获在乌苏里江激荡
警营里的第一抹阳光
把豪情写在我的心上
在四季轮转的时候
让我们把消防兵的鸣奏吟唱

这里有英雄的东方第一哨
这里有辉煌的太阳广场
这里是祖国陆地最东的城市
这里与异国隔江相望
山山水水烙印着祖国的壮美

再远的距离
也连通着祖国和人民的心脏
那一抹蓬勃的橄榄绿
用无悔的青春状写忠诚
用沸腾的血液
戍守边疆

目光
沿着历史长河回溯
我们
穿梭在三十三年的时光
从呱呱坠地
在白雪皑皑的东极见证
祖国光辉灿烂的太阳
到驰骋火场
在烈焰熊熊中
铸就消防卫士无上的荣光
在东极抚远
我们守望

三十三年前
营门初立哟
凛冽的寒风中
破旧的茅草房
十几个汉子离别爹娘
告别家乡
抛却亲情的醇厚
远离爱情的绵长

迎风挺立
破冰垦荒
信仰的种子在隆冬发芽
如磐的信念扎根边疆
驻守东极
忠诚守望

这一望哟
望穿了山山水水
山山水水间坚定的背影
这一望哟
望过了年年岁岁
年年岁岁里律动的激扬
那一颗信仰的种子
在隆冬里发芽
在我们心里结果开花
在我们手中传递理想
烈焰绽放出的华彩
是我们忠诚的光芒
照耀着无垠苍穹
把百姓的平安点亮
用战斗
把消防兵的名字唱响

这一望哟
多少青春托付江水东去
这一望哟
多少韶华和热血

留在铁打的营盘
留给火红的战车
在回忆里面
担两肩泰山重任
披一身雨雪风霜
哪怕
哪怕身上已不再是一身戎装
哪怕手中已没有银色水枪

我依然
为东极平安守望

向东
向着太阳升起的地方
向东
向着热情升起的地方
向东
向着梦想升起的地方
向东
向着生命升起的地方
我用肉体的躯壳
打磨不可摧朽的屏障
我用精神的厚重
浇铸永不垮塌的雕像
凝神注目
默默守望

听啊

听啊

冲锋的号角

冲锋的号角已在耳边吹响

看啊

看啊

不屈的勇士

不屈的勇士已在出征的路上

我们三十三年的坚守

开启了一幕盛大的传奇

我们三十三年的坚守

也只是传奇刚刚开场

我们一路行来

已把自己化作这里的根脉

绵绵延延

我们一路走去

将把自己化作这里的土壤

承托和谐

坚贞守望

（原载群众出版社 2012 年版《公安记忆》）

关长安，鲁迅文学院第二期公安作家研修班学员。出版有诗集《逆·旅》、《一条鱼的生命记事》。

警犬阿黄

蒋力庆

枪声
把又一轮圆月震碎了
刑案在远方喋血

你把警醒的目光悄悄地
撒入草丛
撒向月荫
前面的小径
却狡猾地将一个个哑谜
掷向你的疑惑
而警犬阿黄
却能轻而易举地猜出小径
血淋淋的谜底
阿黄的警觉
紧紧地
咬住嗅源，咬住自信
脚掌无声地敲击着疯狂的子夜
警犬阿黄

是你手中的锐箭
你响亮的呼哨是弓弦
你只要弯曲食指和中指
贴紧双唇逼出一个潇洒的音符
阿黄便画响风声直射夜心

那个风雨之夜你此生难忘
本来喋血的枪弹
要逼着你如梦的二十岁强咽下去
阿黄却呼地扑向罪恶
用胸口吞下了那颗射向你的死亡

（原载群众出版社2012年版《中国当代公安诗选》）

蒋力庆，1964年生，江西南昌人。南昌市公安局宣传处副处长。江西省作家协会会员。先后在《演讲与口才》、《人民日报》、《法制日报》、《人民公安报》等发表作品千余篇（首）。诗作多次获奖。

月光下的东帝汶
——献给中国联合国维和警察

许 敏

远离家园和涛声
这破了的山碎了的水
都是你血性的姐妹
头顶青草和晨露
长路漫漫
每天以阳光拂逆风尘
以思念灌溉乡愁
风雨中收割一季一季的祖国
幸福是你手指的方向
北海岸的风吹你
一如吹着努沙登加拉群岛的
木薯、稻穗和玉米
这里有最美最坚强的尼布亚人
马来人和美拉尼西亚人
回望家园
她们和黄河边赤脚回家的母亲
何其相似
现在由你扶起的断壁椰树

不会再随风而逝

遇见你的第一块路碑就哑默了
是什么在你的血液深处穿行
是花朵还是尖锐的鸟鸣
伴着失眠的灯火
只是已不能每天
在"新闻联播"的乡音里
将平安的消息
传给母亲
今夜手举一根橄榄枝
沿着上升的星光
月亮将你高举

（原载群众出版社 2012 年版《中国当代公安诗选》）

夜 晚

戴存伟

夜晚寂静，乡村沉睡，
满天的星斗离我们很近，
月亮离我们很近。

不管是出警，还是归来，
警徽总会闪亮。此时，
我们的一侧是大山沉默，
另一侧河流有声，
大山高峻，以及河流清澈。

（原载群众出版社 2012 年版《中国当代公安诗选》）

戴存伟，1976 年生。济南市公安局法制支队一大队副大队长。山东省青年作家协会理事、济南市作家协会会员。在《山东文学》《啄木鸟》等发表小说、诗歌等数十万字，作品多次被《读者》、《青年文摘》等选载。

想起你

——为"清网行动"而作

袁瑰秋

夜已深沉
深得像这一身深蓝的警服
沉得像那海边礁石一样的历史

夜正静美
静得像一枚发光的警徽
闪烁月华般皎洁的清辉

又一个平淡的日子
即将在岁月长河里浪沙一样湮灭
可我的手却一时间翻不动这本发黄的日历
在这如水的夜色里一个个远去的背影
潮汐一样涌来眼底
露珠一样清晰——

你是九十年前出发的中央特科那枚忠诚的子弹
你是八十年前中央政治保卫局门前那口清洌的红井
你是六十年前开国大典的礼炮声中那双机警的眼睛

你是披一身硝烟烈火走进广州街头的那一面火红的旗
你是镇反时期捍卫新生人民政权的一枚枚闪亮的钢盔
你是反敌特年代令对手闻风丧胆的羊城暗哨秘密图纸
你是"文革"时期被迫脱掉警服依然将使命扛起的人

你是人民公安永不磨灭的历史，苍茫大地回荡你无悔的
足音
你是我血脉相连的警察兄弟，纪念碑上镌刻了你平凡的
名字

今夜我想你啊
我沉默的兄弟

今夜我想你啊
我无言的兄弟

是你吗，我亲爱的兄弟
二〇〇八年那一场突降南国的罕见冰雪
冻颤广州火车站那半平方公里
是你一个又一个无名的身影浮雕一样挺立
面对共和国公安史上最严重的一次公共安全危机
你不眠不休十一天坚守　绝地反击　撰写了史诗般的传奇

是你吗，我无言的兄弟
当地动山摇的汶川还在噩梦中战栗
你站在第一支成建制扑向灾区向生命发起总攻的救援队列
虽然你什么也没有说
虽然流水一样的时间早已淡忘你的姓名

但灾难的大地默默地镌刻了你的身影
那连绵的群山正是你凛然的风骨耸立

是你吗，我亲爱的兄弟
当奥运火炬点燃了一座城市
当亚运圣火沸腾了城市的空气
你站在那里　背对着精彩　树一样静定
你坚定的身躯胸怀平安的使命
你守望的眼睛像风吹不倦的树叶
或许匆匆走过的路人会忽略了树的站立
但这个越来越快的城市只因树的奉献才有了无限生趣

是你吗，我无言的兄弟
你刚从清网的战斗中归来
还没来得及卸下千里追逃的征衣
你总在路上　鞋底是汗水浇透的泥泞
你总在远方　任病重的父母、梦中的妻儿唇齿间含着你的
名字
你总在雨中　任雨丝披散你阴晴圆缺、忠孝难全的心事
你总在夜里　任无边的夜色撕咬你壮志未酬、青春已老的
发际

是你吗，我亲爱的兄弟
平常的日子里很少听见你的话语
可就在这样一个雨丝飘零的深夜
那一声枪响裂肺撕心
你沉默的背影冲上去
留给我们——你青春生命里最滚烫的声音

惊天动地

打开这六十几年厚重如山的日志
像你一样冲上去的兄弟共有七十九名
你急如闪电的生命虽像羽毛一样飘去
可你倒下的身躯却重重地撞疼了你母亲一样的大地
今夜，我想你啊，我沉默的兄弟
今夜，我想你啊，我无言的兄弟

翻开这几年来渐行渐远的日历
你把四个集体一等功的答卷交给历史
这是怎样的奇迹，竟被你无声无息地铭写
你用怎样的画笔挥洒出这浓墨重彩的一页

这就是你啊——广州公安
一个简简单单却又轰轰烈烈的名字
一个俯身为泥却又高耸入云的名字
简简单单的日子　你像遍布大街小巷的榕树根系大地
轰轰烈烈的时刻　你是怒放的红棉把英雄的花朵高高举起
你以云端火树的英姿挺立　让天空懂得你的信仰、你的
高洁
你用泥土一样沉默的背影大声告诉世界——
我是人民警察

我是人民警察
奉献为党为国
生命就是战斗
热血染红春秋

问人间苍茫何为不朽
唯有忠诚照亮千古

今夜大风起兮
让我们和春天一起
唱响人民公安为人民的温暖心意
今夜星光熠熠
让我们和日月星辰一起
聆听两百万铁警铿锵的誓言响彻寰宇——
发扬传统
坚定信念
牢记使命
阔步向前

（原载《人民公安报》2012 年 2 月 18 日）

因为你是刑警

胡剑明

带着深深的疲惫
拜会一个个黎明
驭风带电的脚
走不进一个完整的梦境
因为你是刑警

女儿盼不来爸爸的周末
妻子习惯于酸涩的别离
港湾里总不见归帆
相思冷冻起温情
因为你是刑警

像一个游侠，把激情
燃作火炬，将愧意留给家庭
投身狩猎，投身穿越
投身随时响起的警笛
因为你是刑警

焦虑拉长了黑夜

疑案，考核智慧和耐心

由廉价烟引申的

是万家灯火辉映的使命

因为你是刑警

在问号里沉思

沿着破折号追寻

当锃亮的句号扣住了罪恶

睡一觉就是你的奖金

因为你是刑警

（原载南京出版社 2012 年版《一朵梅吻一天雪》）

胡剑明，中国作家协会会员。诗人。南京市公安局民警。

集　合

瞿海燕

集合，一次肌肉的疼痛
和骨头的呻吟
它让一些人感觉在梦游
一些人一语成谶
几乎所有的警察在奔跑时
都看见了光。奔跑的光
像一道银白的闪电
照亮漆黑的苍穹。体态臃肿者
被迫赶去晨练，而那些落伍者
多是一些词不达意的人

操场像岛屿，警车填满了水面
我们的身体服从于一只话筒
指挥员的指令
简洁得如同一条超短裙
因为过于闪烁其词
我们伸长脖子，想进一步
核对他的面部表情

集合，积聚着我们的能量
让我们高低杠上挺直腰板
或许，它本身就是一个多音字
一切动作，都得恰如其分地爆炸
一把匕首，对准夜的心脏
黎明驾着盛大的警车，如期来临

（原载群众出版社 2012 年版《中国当代公安诗选》）

瞿海燕，1966 年生。江苏省南通市公安局通州分局警务督察大队教导员。江苏省公安作家协会理事。曾在各级报刊发表文学作品多篇，有诗作在全国公安文联、江苏省公安文联诗歌大赛中获奖。

可以这样想象

李尚朝

可以这样想象：我在月光下
放下枪。我在月光下剪枝
为花朵的伸展，和她们
美妙的细语——
哦，淡淡的月光下
相依的恋人是美好的象征
我剪除杂草，让鲜花中的露水
滴下来，再次
滴下来

可以这样想象：我拐进一条胡同
迎面的孩子跑过来
他说：叔叔
夜晚和白天一样明亮
夜晚和教室一样安全
我放下枪，像小时候一样
踢着地上的石子，一直走到门口

我说："嗨！"
一个人走过来
爱怜地拍了一下我的脑袋

（原载群众出版社2012年版《中国当代公安诗选》）

　　李尚朝，本名李尚晁。重庆市公安局宣传处采编中心副主任。中国当代文学研究会会员，重庆市作家协会会员、重庆文学院签约作家。在《星星》、《十月》、《读者》等发表诗歌、散文、评论千余篇（首）。作品入选《中国诗选》、《中国当代诗选》（俄语版）等。著有诗集《风原色》等三部、散文集《那流光一幻》等。诗集《天堂中的女孩》获2000年首届奥克杯世界华文文学邀请赛一等奖，《风原色》获2002中国诗歌节自由体诗集一等奖。

警察与小偷

李尚朝

警察与小偷，是一种悖论
你看，太阳落下去了
月亮又升起来
这不像规律
而像一种游戏
永远也不会完

警察坐下来喘口气
小偷就站起来，开始工作
小偷在警察的影子里
却把警察弄得很痒
有时还痛

而警察把自己变成影子的时候
小偷就暴露出来
他缩头缩尾，或者摇头晃脑
把眼睛一斜

盯着手上的手铐
警察就笑出声来
然后
第二轮游戏开始

（原载群众出版社 2012 年版《中国当代公安诗选》）

这一刻，国徽很低

刘国震

"叔叔，我的鞋带松了。"
一个过马路的男孩
将一只漂亮的童鞋
向交警伸过去

民警蹲下身
熟练地给孩子系上
他和煦的微笑
似春水的涟漪

这一刻
他头上的国徽
垂得很低

（原载《北京日报》2013 年 5 月 30 日）

老警察

侯 马

他的妻子一生喋喋不休
他最终只好选择沉默

那绝望的女人
无计可施

逢人便讲
这老头儿小脑萎缩

他默默地忍受这污蔑
嘴角浮着孩童般的笑

（原载江苏文艺出版社 2013 年版《他手记》）

　　侯马，本名衡晓帆，1967 年出生于山西曲沃。1985 年至 1989 年就读于北京师范大学中文系，获文学学士。1996 年至 1999 年就读于北京大学法律系，获法学硕士。现任内蒙古自治区公安厅厅长、党委书记。1989 年开始现代诗写作。出版有《他手记》、《侯马诗选》等诗集十多种，曾获《十月》新锐人物奖，《诗选刊》中国先锋诗歌奖，汉诗榜（首届）年度最佳诗人，《人民文学》、《南方文坛》"年度青年作家"，首届"天问诗人奖"，第二届《诗参考》十年诗歌成就奖，桂中水城文学沙龙第三届（2014）年度大奖等。

星 空

侯 马

火被扑灭后
民警告诉他
人没找到

消防队员
在滚烫的砖石、土坯中
继续翻找
腾起的尘烟
灰烬
急速地飞向天空
天空中布满了
清澈温馨的
星星

这儿离天安门
七十公里
离天却仿佛近了一万公里
凛冽的深秋

守着静默的群山

找到了
在老屋的坑角
这应该是头
这半截像是胳膊

消防队员可以撤了
请法医进来

近年来，他起立过猛
会眼冒金星
看到耀眼的火点
而后来类似的情况
他竟然看到的是
那晚现场之上的星空

像遥远童年的星空
爷爷半夜把他喊醒
快回屋，下雨了

草原
或大海深处的星空
他的大脑像电脑换了屏保

（原载江苏文艺出版社 2013 年版《他手记》）

党旗辉映着警徽

——为公安战线共产党员代言

胡世宗

掌声响在耳边，
鲜花如此耀眼！
我骄傲——
我工作在公安战线；
我自豪——
我是一名共产党员。
这座城市的祥和发展，
老百姓的幸福与方便，
是我白天
每一刻的牵挂，
是我夜晚
不眠的思念！
忠诚，奋进，廉洁，奉献！
——是我们拼搏的精神源泉；
让城市
平安，稳定，畅通，干净
——是我们奋力打造的四张名片。

我说这句话——
我是共产党员，
就是说，
在我面前，
没有处理不好的问题，
没有排除不了的困难！
无论遇到怎样的挫折，
都永不低头、永不言败、永不服输！
胜利在召唤，
我们一往无前！

世界上的真理在哪儿？
真理就在人心里面！
我们公安战线的共产党员
和百姓亲如一家，
手相牵，心相连，
把百姓当作父母、兄弟、姐妹，
像歌儿唱的——
"老百姓是地，
老百姓是天！"
党和人民的利益，
是我们全部工作
最根本的出发点和落脚点。
这感情，决定态度，
而态度，决定一切言论和实践！
既然我们都是家里人，
为了让家人有幸福可言，
再累、再难，
我们也会有微笑的脸。

没有什么不该办，
没有什么不能干！
按一家人的认识，
就找准了感觉、找对了理念，
方法也就自会应运而现。
我们以铁的决心，铁的纪律，铁的作风，
维护公安队伍的尊严。
为了维护这尊严，
我们宁可拿生命来换！

我们是钢铁之师，
是公平正义的守护神，
是人民忠诚的勤务员。
捧出我们的心，
一定是热乎乎、红艳艳！
只要百姓满意，
只要百姓方便，
吃大苦，挨大累，遭大罪，
我们无怨无悔，无悔无怨！
在共产党员的黑板上，
要擦去四个字：
——等，靠，躲，拖；
我们要大写上四个字：
——捡，揽，抢，担！
在我们面前，
没有特殊人物，
没有特殊群体，
规范执法，依法执法，
这是我们遵循的格言！

当我们看到农民工
讨回薪水的笑颜，
当我们听到低保户
发自内心的称赞，
群众向我们伸出大拇哥，
或喊我们一声"好亲戚"，
我们所有的委屈、全部的艰难，
加班、加点、连轴转，
都觉得——值啊！
一切抱怨顷刻间都烟飞云散！

我们敢于面对风险，
我们敢于迎接挑战。
百姓看公安，
关键看破案。
我们构筑"天罗地网"，
不让任何一个犯罪分子苟延残喘！
坚决铲除"黄赌毒"，
让人民娱乐的天更蓝、地更宽。
深化交通整治，
解决"行车难，停车难"，
在风雪呼啸的夜晚，
我们的民警全都坚守在第一线……
报警有人接，
案件有人立，
破案有人管——
110，110——
给百姓带来平安，

更带来依赖和温暖！

我们手捧着党章，
心底涌起豪迈的波澜。
习总书记的讲话，
像春风回响在我的耳畔。
我们敢说：
我们一身警服一尘不染，
我们头上的警徽神圣庄严。
我们要抛弃空谈，埋头实干，
为伟大的"中国梦"早日实现，
作出应有的贡献！
我们庆幸——
工作在公安战线；
我们自豪——
是一名公安战线的
共——产——党——员！

（原载白山出版社 2014 年版《为祖国而歌》）

胡世宗，军旅作家、诗人。1962 年入伍，曾任沈阳军区政治部文化处处长、军区政治部创作室副主任。1965 年出席全国青年业余文学创作积极分子大会。1980 年加入中国作家协会。现为辽宁省作家协会顾问。已出版各种文学专著六十五部，主编、编选文学作品集四十六部。有作品收入中小学语文课本。曾获全国"五个一工程"奖和全军新作品奖一等奖等奖项。

逆行者

——纪念木里火灾中牺牲的英雄

熊游坤

我看过很多逆行的人

有逆路而行

有逆水行舟

而这些逆行者被拦截

与死亡隔着薄薄的一扇门

而他们，一群灵魂被点亮的人

义无反顾，用头颅叩开

一丛红色的生死之门

用自己身体的火，去扑灭另一场火

云朵破碎，草木焚烧

木里的大山从烈火中抬头

看浓烟锈蚀天空

看群山变矮

看一群人行走在生命之外

惧怕死亡的生灵向外遁逃

迎着烈火逆行的是消防大兵

他们高昂着头颅，穿越火墙

燃烧的山林，满布的残石断木

像一道道淌血的伤痕

他们不知疲惫地呐喊，奔跑

让黑暗，让火神一步步后退

钢铁之躯在火与灰烬中熔断

青春化成一抔泥土

一个，两个，整整三十个啊

像一盏盏火焰蓝，灯塔一样

站在尘世的巅峰

指引生命的路径

泪光中，我看见

一群涅槃重生的凤凰

（原载群众出版社 2014 年版《中国当代公安诗选》）

熊游坤，警察诗人、剧作家。四川省公安作家协会副主席。著有十一集电视连续剧《永远的女人》。作品散见于《诗刊》、《星星》等刊物。

警察生涯（组诗）

陈计会

手 机

有时，真想把它摔掉
灵魂是不羁的风
然而，每次都还是小心翼翼
怕风声惊动梦境
在洗手间通完电话，随后
轻轻带上门，赶赴夜色

除 夕

巡逻如常。大街上的锣鼓
逐渐密集起来，忽然一槌
好像捶在我的内心，隐隐生痛
满街红晃晃的春联，让人恍惚
而我却分明看到乡下
门口那把吱吱作响的竹梯
以及那颤巍巍的身影

寒风拂过，我的内心
和那身影同时晃了一下
而整个世界却是那样安详
父亲，请原谅我又一次失约

追 逃

海平如镜。夜色被你的烟
越烧越短，突然
鱼标闪动一下，点亮了头像
你一阵窃喜，鱼快上钩了
握紧鱼竿，小心地敲击键盘
瞪大的金鱼眼，赛过 QQ 车灯
聚焦涟漪，然而此刻
谁会留意那充血的灯笼
如何照亮暗夜

审 讯

夜雾锁窗，给你一根烟
并且为你点燃
说与不说，你最清楚
在这个尘世，我们虽非兄弟
却同为黑夜的囚徒
你的供述，也是我的证词

戒毒所开放日

不忍心在你正面，按下快门
我深知那三张脸：一张愧疚
一张期盼，还有一张无邪
偷偷地绕到后面
将你们欢快的背影定格
连带你脚下葱绿的草地
雨后的蓝天

迷路的老伯

夜幕降临，陪您走过一条又一条街
过了一个门口又一个门口
老伯，您始终认不出家门
多年后，我是否也和您一样
找不到归家的路？我想
送您，其实也是在送我自己

（原载群众出版社 2014 年版《中国当代公安诗选》）

陈计会，广东阳江人。中国作家协会会员，广东省作协理事，全国公安文联散文分会副主席，阳江市作协副主席。作品在《诗刊》、《十月》、《北京文学》、《文学报》等发表，入选一百三十多种选本。已出版《叩问远方》、《岩层灯盏》、《世界之上的海》、《陈计会诗选》、《虚妄的证词》、《此时此地》六本诗集。主编七种诗选。曾获广东省诗歌奖、全国鲁藜诗歌奖、徐霞客诗歌奖、中国公安诗歌奖等奖项。

橄榄枝的合唱：人间安好

孙梓文

人民警察的告白：只愿身化千亿树，守得人间太平乡。

人民警察

我们是一棵棵高大的橄榄树

根须深深扎进大地，枝叶伸展在天空，呼吸阳光、雨露

我们的血液里，基因是爱的密码，图腾是忠诚的表达

绿叶擎起万家灯火，婆娑的影子荡起五谷丰登的年华

为了和煦灿烂的风景，我们要把风雪阻挡、烈日遮蔽

把爱的语言和赤诚的情怀交给蓝天和白云

行走在祖国的高山和平原、峡谷和戈壁

我们枝叶纷披，为鸟儿打开春天的归途，为小草找到绿色的

怀抱

为河流和大地，披上藏蓝色的衣袍

请把梦想珍藏在橄榄叶间，从我们的浓荫走过

请沿着绿色的平安大道

与蓝天同谱宁静，与江河共叙和谐

刑侦民警

我们是一条条茂盛的橄榄枝

我们知道，还有阴云阻挡阳光，还有风雨阻挡心灵的回家路

我们日夜奔忙，在枝叶间密织起天网

清除蜘蛛的苟且营私，清除林子间的弱肉强食

清除那些蛐蛐不安分的鸣叫

我们要用绿色的叶子，舞起一阵清风

将邪恶斩断，将残暴扶正，将扭曲还原

将那些潜滋暗长的思绪和欲望，回归到枝叶的正面

用阳光过滤悲泣和哀号，置换欢喜和微笑

我们最爱小草跳起团圆的舞蹈，千千万万花朵簇拥着合唱

牛羊走出圈舍，安详地啃食青草，人们的衣衫上栖着蝴蝶的
翅膀

穿过我们荫凉的目光，飞向春天的花海

经侦民警

我们是橄榄树的一枝新绿

为了将养分公平地输送给大地，我们会识破狐狸的谎言

我们也会看清猴子的把戏。那些借助稻谷的掩护杂乱生长
的稗苗，欺骗过人们的双眼

那些在腐殖质上暗生的叶蔓，企图混淆人们的视线

我们的叶子就会拧成一条带刀的鞭子

毫不留情地鞭打那些蝼蚁匆忙的搬运

那些披着羊皮的狼和搬弄是非的狐狸，探头探脑从树下悄

悄闪过

我们的叶子会变成火眼金睛，像探照灯的强光，让它原形
毕露

我们站在近旁，也站在远方，串起了千年的丝绸路，串起
了富裕和安康

我们用浓荫给骆驼安放舒适的护蹄，给勤劳的马匹送上一
路清风

我们枕着月光，怀抱星辰，只愿有更多的双眼，闪耀着希望

不只是一年半载，不只是千年万年

只要你，说出

这温暖的人间，像母亲的胸膛一样

治安民警

我们是笔直挺拔的橄榄枝

我们的怀里，有五彩的音符像珍珠撒落

啄木鸟、仙人草是叶子变成的精灵

哪里有呻吟，哪里就会有温情的林梢

哪里有病痛，哪里就会有明亮的灯盏

把阳光植进身体，也植入心田

呢喃的呼吸，吐气如兰，是多么和暖舒展

那些狗苟蝇营，那些病灶毒瘤，那些腐化的温床

纷纷退出大树的躯干，风雨净化成人间的良丹

雷电净化成心灵的妙药。大地旖旎

田野，森林，河流，展露新颜

社区民警

我们是橄榄树的一枚枚小叶片

我们与百鸟促膝，与白云交换心愿

我们是信使，在城市和乡村奔跑，我们要将天空的问候和
关怀传递

将阳光均匀地涂在人们幸福的笑脸，将潺潺流响交还小溪

将碧草茵茵交还大地

我们邀来蒲公英，将春天的种子播撒

我们放飞心灵，给人们的香梦轻轻覆上一层暖心的棉衣

我们用美好叩开心门，用善良灿亮双眸

我们进驻每一个村子，问候每一位大妈

我们是一只只青鸟，探看留在村子里的孩童

拭去他们眼角的泪滴，在他们的课本里，夹寄两枚橄榄叶

给他们的童年与书包，装满花香、鸟鸣

交通民警

我们是一丛丛戴着白手套的橄榄花

当黎明打开每扇门窗，当晨曦叩动万家门环

我们便睁开城市和乡村的睡眼。伸出的手臂

是刚柔相济的语言，左边是回家的路，安安全全

右边是出门的途，平平安安

我们把夏天挥成清凉，给严冬披上新装

哪怕我们的身影，淹没在车水马龙之间

白色的手套，指引着平安的地平线

巡逻民警

我们是橄榄树奔跑的枝叶

面对狂风暴雨的血腥和暴力

我们的枝条是枪，我们的叶子是带着光速的子弹

为的是在日落后升起星辰，为的是在雨雪后升起晴空

我们的足迹，踏遍祖国的大江南北、雪域高原、南海千岛

我们踏着雨雪，冒着严寒逡巡，把鬼怪与邪魔驱赶

我们虎跃龙腾，百炼成钢，铸成铜墙铁壁

我们要守住儿童安宁的童话

要让世界宁静、有序，人间安好、太平

我们要让这温暖的世界风平浪静

将微笑像春雨，洒在人们的心上

人民警察

我们是千千万万棵橄榄树，生长在长江黄河的两岸

枝叶盛开，浓荫覆盖每一个家园

如果爱是生命之于生命的尊重，忠诚就是我们对于天空和

大地的表白

绿色是我们交给大地的风景，氧气则是生命谱成的颂歌

因为正义的阳光把人间照暖，因为公平的雨露滋润心田

我们剑一般的骨骼，筑起绿色的长城

我们浩荡的血脉，挽起珠穆朗玛巍峨的情怀

我们琴一样柔情的手掌，抚摸祖国每一寸深情的土地

我们站起来是笔直的腰板，舞起来明媚灿烂

我们用坚强的臂膂托起太阳的光芒
我们用深邃的目光守望梦想，我们愿意落尽繁花
守住这世界的温暖，光明和安宁

（原载群众出版社 2014 年版《梦想与共和国同行》）

孙梓文，原名孙国贤。全国公安文联会员，四川省作家协会会员。青年诗人。诗歌《橄榄枝的合唱：人间安好》荣获 2014 年公安部"梦想与共和国同行"全国征文大赛一等奖。

离家最近的火车站

王夫刚

带着自己改制的发令枪，老朱和妻子
连夜开始了逃亡的人生——
不能坐车，不能走大路，不能近家乡。
留在身后的是，被一枪击穿的
信用社主任，他的上司。
警车包围的案发现场。
版本不一但持续发酵的市井新闻。
以及年迈的父母，托付给亲戚的幼小孩子。
逃亡，是一种看上去很美的旅程
老朱弃了发令枪，只带着
妻子——这个被他的上司
侮辱过的女人，支撑着他走了很久
走了很远，他乡渐成故乡。
在被夸大的绝望中，老朱越来越
讨厌天空；在绝处逢生的
希冀中，老朱不写信，不上网
不用电话，他跟妻子约定
如果走失了，离家最近的那个火车站

将是他们寻找对方的唯一地点。
不幸的是，十五年后
他们真的走失了：修鞋匠老朱
通缉犯老朱，在警察面前撒腿就跑
而且，跑得无影无踪。
他的妻子，后来就到
离家最近的火车站——几年前刚通铁路的
地方，摆了一个披星戴月的小摊
生活的传奇在于，她等到了
老朱出现，当然——警察们也等到了。

（原载《十月》2014 年第 5 期）

王夫刚，1969 年生，山东五莲人。中国作家协会会员，首都师范大学驻校诗人，山东省农业管理干部学院客座教授。著有诗集《诗，或者歌》、《粥中的愤怒》、《正午偏后》、《斯世同怀》、《山河仍在》和诗文集《落日条款》、《愿诗歌与我们的灵魂朝夕相遇》等。曾获齐鲁文学奖、华文青年诗人奖、柔刚诗歌奖和《十月》年度诗歌奖。

密 室

沈国徐

这温柔、多情的密室，种子一样种在心里
与向日葵共用着同等根系
它们有着轻盈与精致的结构，构成祖国背面的阳光
与线粒体。它们贴地而行，迎风而上
擦洗着各种各样的毛玻璃、由此得到延展与平行
它们张开细小的芽头，就像叶子张开毛细管道
与针　与阳光　与温润的雾　做细腻而深层次的交谈
就像切割自己一样　在切割着每一块有色金属
取出良好的塑性
构建与祖国平行的绿色与幸福
也许你看到的绿色与幸福
透过层层过滤，在张开图腾与仰望的夹角时
正经受着彷徨
正发酵着忧伤
正在亲情狭义的拷问里退缩，欲减少蒸发面
正在背叛的尖锐中寻找支持的光源
正在不经意的一次比较中停顿与领悟
正在流血的伤口里疑惑正义的颜色

其实需要打通多少淤积的关节
类似于一枚茶多酚的释放
而内心的坦途往往被埋没、无法轻易察觉
只有安静偏冷的手才能掘到那些微微烛光
而这温柔而多情的密室
总是需要我们付出的很多
想得到的必须很少；在火与刺之上的很多
花前月下的很少；孤独与寂寞的等待很多
灯红与酒绿的安慰很少；像猫头鹰一样穿过的夜空很多
像雄鹰一样翱翔的蓝天很少；仰望的很多
俯视的很少。我们早已把内心设置为一片叶子
用与祖国大地平行的密室
订制着明天，打开仰望与呼吸的角度
我们在密室里升起一面旗帜
用它捕抓内心的阳光与风
我们早已学会各种平行的技艺
把密室放置在风雨之后的彩虹之巅
既是今天的地平线
也是明天的起跑线
我们一直用蜘蛛沉默的手
网着我们密室里的秘密
它们构筑在时时需要贡献的情怀维度里

（原载群众出版社 2014 年版《梦想与共和国同行》）

沈国徐，笔名沈国。福建省诏安县公安局三级警长。全国公安文联会员，福建省作家协会会员。2014 年获第二十二届柔刚诗歌奖，2015 年获首届中国公安诗歌奖。

追凶没有尽头

石 英

一枚指纹，一个脚印
证据通常是默然无声
但它活起来如龙泉利剑
剑不虚指，足有"削铁如泥"的力度

正义与邪恶相生相克千百万年
谁也开不出何时"停战"的时限
正如罂粟花成不了"形象大使"
暗夜也蒙不住便衣警察的锐目

高铁和飞机羞于被罪恶损污
却愿为千里追凶者尽量加速
当案犯从焐热的被窝里惊起
司晨鸡的鸣声又高上一个音阶

追凶没有一劳永逸，只有接力
没有最后的成功，只有一个个的战役

对得起肚腹的常常是方便面
警员的微笑，催开了路边的蔷薇

（原载《中国法治文化》，2015 年第 5 期）

石英，1935 年生于山东龙口。中国散文学会副会长。原人民日报文艺部副主任。出版有传记文学《吉鸿昌》，长篇小说《文明地狱》、《同在蓝天下》，散文集《石英散文集》、《石英美文集》、《当代散文名家文库·石英传》，诗集《石英精选诗集》以及文艺理论专著《散文写作的成功之路》等六十部千余万字。

致警嫂

王富举

请允许我把月亮、河流、湖泊和云朵的称谓
全都赠予你
请允许我把你所忍受的孤独、怨艾和思念
全都取走，换成精美的银饰再呈给你
嫂子，嫂子，千千万万的嫂子啊
请允许我在春夜里，为你写下这些带着苦艾味的诗行

是妻子，也是女儿，是儿媳，也是母亲
晨起暮眠的风
抚慰过一名人民警察疲惫的双肩
也知晓一个女人心中酸楚的潮汐
你永远站在伟岸的背影里
筑巢、育雏，用一窗灯火的等待
回答内心的焦灼和不安

可以孤单，可以贫穷，也可以平凡
默默地，不说爱，却可以为爱坚守一生
早已习惯节日的残缺、夜晚的虚无

世间浮华于你，也不过烟霞一瞬

嫂子，我见过你辉映晴空的笑靥
也见过你诀别的哀恸，滂沱泪水淹没的脸庞
我见过你藤蔓般深情而幸福的拥抱
也见过你枯禾一样孤绝而黯淡的转身
嫂子啊，你的内心燃烧着刻骨之爱
也激荡着入骨之恨
爱尘世永恒的阳光、雨露和花朵
恨尘世暗藏的暴力、血污和罪恶

嫂子，今夜我借了无边的柔风的手指
为素面朝天的你写诗
不说伟大，也不言崇高
这繁星不寐的春夜里，流淌着国徽的亮光
也弥漫着，苦艾的味道

（原载群众出版社2015年版《王富举诗选》）

　　王富举，笔名牧阳哩鲁，仡佬族，贵州湄潭人。中国少数民族作家学会会员，全国公安作协会员，全国公安诗歌学会、贵州省诗人协会理事，遵义市公安文联秘书长，全国公安文联签约作家。曾就读鲁迅文学院第二期少数民族文学创作培训班、鲁迅文学院第二期公安作家研修班。作品见《诗刊》、《民族文学》等，并入选多种重要选本。曾获遵义首届新诗奖、中国公安诗歌年度诗人奖等。出版有诗集《王富举诗选》、《中国诗歌地理·遵义九人诗选》（合著）。

平凡如是

——写给汪勇

骆 浩

那一年　你走出大山

泉水是你的路标

月光把你朗照

要堂堂正正地做人

父亲的嘱咐　字字如山

那时的你年轻啊

年轻的你去当兵

驾驶员　卫生所　通讯兵

十七载熔铸骨骼铮铮

当你从部队来到了警营

来肩负社区民警的使命

你知道肩上

这银星有多么重

咸东社区里

你做了无名的树种

带着大山的坚强与厚重

扎根　破土　用脊梁撑起一片天空

串巷子　爬楼道
大问题　小纠纷
不管风霜雨雪　无论赤阳雨冰
进千户门　解百家难
吃朴素饭　思百姓暖
用心去丈量　用爱来织网
管理　帮教　宣传
走访　巡逻　防范
也不知把多少双鞋跑烂
密密的脚印
把社区的每个角落铺满
默默耕耘在这块责任田
你说摆正自己
以心换心　服务人民
像雷锋一样
做美善真爱的发光体
守护社区的美丽

勤责爱——你有你的工作法
万千百——是你给自己制订的计划
"他比儿子还亲。"
这是街坊大妈最真心的表达
"润滑剂""安全阀""灭火器"
这是社区群众给你的美誉
在社区里通报警情
你时常给大家"下下小雨"
那一次　相约咸东

你组织大家搞联谊
群众蘸着墨汁写下一个"家"
送给了你
你泪眼蒙眬因为你的心
早已安在社区这个"家"里

当大雪纷纷的凌晨
匆匆步巡的你在街头站立
脑海里年迈的母亲
她是否正在严寒的大路上
蹒跚着将一个个雪堆子扫起
那是为了减轻儿子的生活压力
忘不了父亲倔强佝偻的身躯
"饿得清醒　穷得硬气"
八个字　八个钉子
依然很有气魄地钉在那里
"人家都有房，就咱们没房，
嫁给我，你不觉得亏?"
"那有什么，晚上两眼一闭睡着了，
还不都占那么大点儿地方?"

多少次梦里打湿双眼
心里总觉得亏欠不安
这么多年
你也顾不上照一张全家福
你忘却了自己
这就是你

这就是你
——平凡如是　平凡如斯

（原载《人民公安报》2015 年 5 月 28 日）

骆浩，又名骆儒浩。全国公安文联诗词分会理事，陕西省音乐家协会文学会理事，中国作协鲁迅文学院公安作家班学员，陕西省作家协会会员。

无字碑

邓醒群

雨，一直在下。天空低沉
这时，所有的脚步都放得很轻
很轻，很轻地。怕打扰你们的清梦
所有的目光都仰视着。仰视着
这块无字的丰碑

你在前世，我在今生
你不认识我，我却知道你为了谁
你姓甚名谁，都不重要了

秋风，秋雨，三百多双泪眼濛濛中
看到了你们的身影和血性
那场惨烈而悲壮的阻击战
一百四十个身躯，铸就一百四十个高耸的山峰
刺向天穹。看啊
那些苍翠的树，圣洁的灵魂
光芒在闪耀。一条河奔向远方
这是你们的血在流淌着

道路两旁的父老乡亲在向我们招手
此情，此景。
还有什么理由不砥砺前行

（原载《人民公安报》2016 年 11 月 25 日）

邓醒群，广东紫金人。中国作家协会会员，广东省河源市作家协会副主席，河源市公安文联副主席，全国公安文联签约作家。出版多部诗集，曾获第二届中国公安诗歌年度诗人奖等。

夜，枪声和硝烟的味道

红 荔

她想象，春城，在黑夜里
沉沉地睡着，安详，恬静，若无其事
她知道，某一间屋子，灯火通明
他睁着熬红的双眼
把抓捕方案细细推敲
烟斗滚烫着，烟灰堆满烟缸

这不是他第一次出征
多少年来，他们似在无意中，形成默契
他不会告诉她，任务有多么艰难
更不会让她知道，他正面对着危险
可这一次，有点儿不一样
他在夜幕降临时，给她发了条微信
他说：战斗，将在明天黎明前打响

夜，变得深重如晦，
把她的担忧抻得又细又长
一头是春城即将响起的枪声
一头是他们家窗前，那轮裹着铅云的月亮
她想，莫非他有某种不好的预感

她知道，他已不再年轻，身手也不再敏捷
她知道，硝烟一旦散开，弹头没有眼睛

可是，毒品，枪支，二死一伤
案情重大，像磐石一样压在他身上
她似乎听见，戒毒所里那痛苦的哀号
她似乎看见，吸毒女细黑的胳膊上密布的针眼
还有，很多个不再团圆的家……
是肩头的责任，也是内心的担当
于是，他一头扎进春城无边的黑夜
于是，她在旷如荒野的家里
闻到枪声和硝烟的味道

一夜无眠，无眠一夜
当黎明的第一缕晨光透过窗棂
手机叮咚，如欢快的晨曲响起
三个嫌疑人尽数落网，我方无一人伤亡
她冲向窗口，面向南方，热泪盈眶
感谢天上的星光
感谢头顶的太阳
感谢长风驱散了硝烟
感谢云霞消弭了枪响
感谢他和他的战友能够凯旋
感谢正义，总是充满了力量

（原载《人民公安报》2016 年 6 月 24 日）

红荔，本名雷红丽。湖北省荆门市公安局民警。全国公安文联散
文分会副主席。创作并发表小说、散文八十余万字，诗歌二十余首。
出版有个人作品集《那个清晨下着雨》、散文集《在你的世界重逢》。

九月的怀念

王富举

九月，当我们举起杯盏
倾向那永恒的沉默
白色的，小朵小朵的野菊花
它们有着抵达天国的羽翼
为了共和国的平安，谁用最后的一滴血
点燃绯红的黎明
我亲爱的战友啊
秋水碧空，一定闪烁着
你温情的眼神

当我在那寂静的道旁，俯身
拾起一枚经霜的红叶
我想起了你
当我在祖国的生日前夕忆及往事
怀念，却只能在一枚枚不眠的警徽里
寻找走失久远的体温

呵，落叶已经覆满南山

秋天的风正横贯庄严大地
落日悲凉
唯有寂寥的星空记取了你
最美的容颜

白色的，小朵小朵的野菊花
为着一个个英雄的名字汇聚
九月，谁能抹去无边秋凉，和
河山的孤独
倘使还有热泪，祖国啊
请允许它去复苏整个春天

（原载《人民公安报》2016 年 9 月 30 日）

围 歼（组诗）

张玉波

远 山

潺潺溪流，葱葱松林。疾风、冷雨、暴雪。
远山是一种朦胧。远山是一种目标。
远山是一个重拳出击的邀请。
要想给平安一个新的注解，就要有奔向远山的决绝。
去战斗！

风雨雪

风中听雨，雨中听风，似少妇的泣诉。
风中吹雪，雪被风吹，暴戾在肆虐。
野山幻游着魔影。
攀爬穿越，火焰在围猎。
矫健的身影，穿透在茫茫山色。
酒烈烈似火，壮怀高歌。

山　路

羊肠小道，齐崖断壁。
小路迈着孩子样的脚步，在山间歪歪斜斜；
一棵偶然的树，像失足者，抓着崖头焦虑。
战靴跑裂，伤痕磕碰伤痕，躯体卧雪爬冰；
马匹、警犬和警察，纷纷落崖，
唐宋边塞的绝句，
如燕雀，声声如雨。

溪　流

有水，但没有往日见水的喜悦。
高原的小溪，晶莹潺潺，风雨中如此，白天如此，黑夜
如此。
此时，就像一根绳索，就像一条壕沟，就像一只虎。
野渡无舟，水浸透棉，
棉温暖了水。

休息是场梦

那种惬意的场景，走过昨天、今天，追求到生命戛然而止。
盛开的战斗和牺牲，宛如那些黄花，清香而优雅。
这也是休息吗？
冬天游走在九月的天空，
枪声的号角，是我们现实的一种笑声。

倒下的警察

语言跌倒在地，站立追逐着你。
你的骨头是淬火的金刚。
我想让你只想走进一本书，
呈现思想与忠诚的页码结伴。
让你嗅一嗅你渴望的气息，
像一片叶子，自你的身上感召日月。
我更想你是我所祈祷的愿望，
在你的心地激活。
义无反顾地去。

胜　利

太多的时候，都是在搜索崇山峻岭。
或明或暗的危险，悬崖，缺氧，冷枪。
大山溪水冷峻，云杉耿直站立。
为什么激战总相约黄昏？
枪声发怒，骤然寂静之后，淡淡的幽蓝唏嘘不已。

（原载《人民公安报》2016 年 10 月 18 日）

张玉波，1966 年生，甘肃张掖人。毕业于中国人民大学研究生院。现为中国散文家协会理事，全国公安文联理事、全国公安文联书法专业专员会副秘书长、全国公安文联签约作家，新疆维吾尔自治区文联全委会委员、书法家协会会员、作家协会会员，新疆公安文联主席、作协主席、书法家协会主席。著有散文集《山脊上的蓝宝石》、诗集《火焰之上》等。

战栗帖

芒 原

电话惊醒熟睡的人
扭亮的灯光，正刺进冬夜

他在整理装备。雾涌进山谷
风声似乎有点密集，手有些微微的颤动
最后，他把"六四式"插进枪套。
而那个站在玻璃后面的
是他的妻子。他在刀口上舔血多年，如履薄冰
但她坚持着——
看他行色匆匆，甚至微微弯曲的背
坚持着一遍又一遍的目送
坚持着逐渐缩短的：春夏和秋冬，白天
和黑夜。坚持着不要战栗
坚持着一个女人
内心的柔软

他没有回头，推门
走了出去

（原载群众出版社 2016 年版《舒显富诗选》）

芒原，原名舒显富，云南昭通人。警察。诗作散见于《人民文学》、《诗刊》等。2015 年获首届中国公安诗歌新人奖。著有诗集《舒显富诗选》、诗合集《群峰之上是夏天》。

公安大学

胡丘陵

公安大学的黎明
天天被整齐的脚步，吵醒

年复一年，满园的核桃
掌握了侦查的核心技术

古老的大枣树
每一根刺，都懂得正当防卫

矗立的高警楼
跟着六栋平房
学会了
在沙尘中，立正

（原载群众出版社 2016 年版《胡丘陵诗选》）

胡丘陵，1963 年生，湖南衡南人。曾任湖南省常德市副市长、公安局局长。中国作家协会会员，湖南省作家协会副主席，一级作家。著有长诗《拂拭岁月 1949—2009》、《2001 年，9 月 11 日》、《长征》、《2008，汶川大地震》。长诗《2008，汶川大地震》获第四届毛泽东文学奖，《胡丘陵长诗选》获首届"湖南省文学艺术奖"。

忠诚的证明

李国强

【题记】2016 年 12 月 30 日上午，南粤亮剑广东省公安机关"飓风 2016"专项行动成果展在广州天河体育中心体育馆正式开幕。专项行动可谓战果多多，案例多多，故事多多！观展后深受感动，当晚写出此诗。

一张张展板，镌刻着你的忠诚
一幅幅画面，把你的赤胆辉映
一行行足迹，和着汗珠和血水
叠印在南粤的大地上
一排排身影，是那样地威武坚挺
不忘初心，牢记使命
南粤亮剑，雄师出征

一张张照片，记录着你的忠诚
一个个镜头，把你的英魂升腾
一串串故事，伴着誓言和歌声
回荡在南粤的大地上
一阵阵掌声，是人民对你最好的赞颂

忠诚是金，纪律严明
高举旗帜，砥砺前行

面对刀山，我们勇敢冲锋
迎着枪林，我们不怕牺牲
用誓言为誓言壮志
让忠诚为忠诚作证

（原载《南方日报》2017 年 1 月 2 日）

李国强，笔名李梦悟，1963 年生，河南太康人。1984 年毕业于河南大学历史系。多年从事编辑出版工作。中国作家协会会员，编审。现任中国人民公安出版社副总编辑，兼任全国公安文联常务理事。

向祖国敬礼

郭梦臣

如果青春把一切席卷而去
最后剩下的，一定是那个敬礼
唯有它把天下的安危
从战争带到和平
春风来信，我收到眉眼里第一缕春天
自然是等同于春的右手
敬礼那枝头的第一抹新绿
托起新生的逦迤
鸟喧花静
无边的寂寞
只在繁花深处，与清风相和
围绕镰刀锤子结出的稻穗馥郁四季
在万里边关透着一花一草的温润

如果大漠把沙尘交给安宁
最后剩下的，一定是那个敬礼
胡杨从千年之外就曾见证
塞外的天空，是透明的蓝

明眼的雄鹰展翅翱翔昆仑

天山雪菊绑缚惊散的流云随我晴好

一切都在山和海相约的回忆里

不染纤尘

丰碑交织苍白的故事

青山侧耳倾听

战火用热烈来拥抱青春

挣扎在血与暗的深渊里放歌光明

如果戈壁把岁月嫁给驼铃

最后剩下的，一定是那个敬礼

丝绸之路自古就听到了号角长鸣

还有汗血宝马的嘶鸣

玉门关外的长剑挺立

金甲十万的锋芒谁敢抗争

而今，这些零零碎碎撒落在日子里的喘息

正走过岁月留下的心情

在新的时光里过着老日子

在老的诗篇里扛起战旗

理想丰满着飞不起的梦想

而信仰共产主义的脊梁

渐渐追逐失去的光阴

如果天山把英雄交给黎明

最后剩下的，一定是那个敬礼

我会把每一朵花都叫醒

让他置身荒漠与戈壁

在这朦胧的季节

就诉说英雄的故事
打动每个人每颗心
而不是刻一块碑
将你的笑容定格在冲锋的战旗里
顷刻间干净所有的空间
所有的视野，所有的缝隙
虽然我写不出排山倒海之势
但我知道
你的战争也是我的战争

敬礼，我庄严地举起我的右手面向五星红旗
祖国，那是让花开的天地
那么多美景，绣出
龙之骄子的青春
一路逶迤，一路娉婷
九十八载岁月的洗礼
不敢想，那是百年围绕五星红旗
细蕊镰刀锤子抽芽结出的稻穗
塞外，也有我为你写过的诗句
将洞庭湖的落英缤纷
在天山南北放飞

或许，雄鹰还未带去捷报
而母亲，请你放心
我会的那首曲子就是前进的义勇军
他的词名，正唤起那远去的记忆
那些芬芳的记忆
依旧馨香，指引方向

最美的年华，一起奔赴
我们是永远在前进的不归人

长城，把日子打磨成烽烟的味
天安门，就着共和国人民万岁的暖
风里，团结五十六个民族
雨里，辗转是征程
九十八年的呐喊，那一方净土
亘古不变的
那条路
我们依然一起奔赴
奔向遥远的未来

（原载人民网 2017 年 7 月 1 日）

郭梦臣，1987 年生，土家族，湖南常德人。2009 年参加公安
工作。现为新疆公安厅科技信息化总队民警。全国公安作协会员。

警察，你是黄土高原最美的一棵树

杨剑文

你是黄土高原上最美的一棵树
你的名字叫人民公安
你，和你的战友
挺拔着蓝色的身骨
流淌着红色的忠诚
用焚膏继晷的拼搏燃起蓝色火焰
销熔掉一切罪恶的利刃
用勇于担当的责任竖起金色盾牌
抵挡住一切邪恶的箭矢
你是一棵树，但你有着
有着山的挺拔
有着石的坚强
有着海的胸怀

你是一棵树
你站立成黄土高原上最美的一棵树

你是一棵树
站在乡村，要让大地收获喜悦
你是一棵树
站在城市，要让星光点亮正义

你是一棵树，你是黄土高原上最美的树
站在风中，要把罪恶的乌云撕裂
站在雨中，要把法治的光芒擦亮
你是一棵树，你要用
用补天之手，铸造熠熠警徽
用填海之心，锻造正义之剑
警徽，在心，正义巍然
利剑，在手，邪恶远离
双手，托举起百姓幸福
铁肩，守卫着祖国安宁

你是一棵树，黄土高原上最美的大树
你是祖国山河上最直的脊梁
无论白天还是黑夜，无论酷夏还是寒冬
你都要，呈现顶天立地的壮举
你无论奔波在他乡还是异国
你都要，担当勇往直前的使命

你是一棵树，大地上最美的树
身躯是笔，在夜幕的巨大稿纸上
书写案情，记录行踪
你是一棵树，黄土高原上最美的树
热血为墨，在黎明的庞大画卷里

重绘现场勾勒轨迹
你是一棵树，你说你是大地上最普通的一棵树
但是啊，就是这一棵普通的树
已然成为百姓安宁梦境的蓝色图腾
已然成为群众平安心海的定海神针
你是一棵蓝色的树，扎根在群众期望的土壤中
你是一棵最美的树，屹立在祖国梦想的天空下
你要用一生的心血，你要用一生的时间
站立成天空下、大地上、黄土高原上，最美丽的风景

你是一棵树
你是黄土高原上最美的一棵树
顶起警徽诠释出的信念
生长警魂凝聚着的誓言
你冷峻背面的柔情，是你
纯洁而朴素的心声
你钢铁后面的山岳，是你
坚强而厚实的脊梁
你是一棵树，心中牢记：
群众平安的嘱托，人民安宁的期盼
这嘱托，就是使命
这期盼，就是担当就是责任
这些，都在
在你每一次的走访中擦亮
在你每一次的巡逻中靠近
在你每一次的抓捕中实现
你是一棵树，要似山峦凝固
你是一棵树，要如云海翻腾

你是一棵树，黄土高原上最美的一棵树
一生都在惊涛骇浪
一往直前中书写传奇，擦亮法治之光

你是一棵树，黄土高原上最美的树
一棵树的光芒，要刺穿黑暗，要照耀广阔大地

（原载《人民公安报》2017 年 9 月 30 日）

杨剑文，1983 年生，陕西榆林人。散文诗曾入选学生成长系列丛书《同步阅读文库·语文》、陕西省中小学生地方教材《可爱的榆林》、《散文诗中国·二十一世纪十年经典》、《流淌的声音——中国当代散文诗百家精品赏读》、《中国散文诗百年经典》、《中国散文诗百年大系》等书。出版有散文诗集《横山的春夏秋冬》。

枫桥经验一字史（组诗）

沈秋伟

序：越绝书之纯钩剑

那时，发出深邃光芒的
是勾践钟爱的纯钩剑

品剑大师薛烛从剑光里看到
赤堇山破而流出的锡
耶江水涸而露出的铜
欧冶子取之铸磨十个年头
终让天地惊、鬼神泣
闪耀在於越上空的剑光
在日月星辰间傲视天下万物

越绝书，从夏禹开始的史诗
吴越争霸时剧情达到高潮
弱者与强者的角色互换
山河演绎惊心动魄的斗换星移

在地球公转二千四百多圈后
剧情再一次达到新的高潮
蒋先生退缩进芒果岛自保
神州换了人民共和国的番号

毛先生亮出了崭新的纯钩剑
上面闪亮着人性的璀璨光芒
那可是共产党这位铸剑师
用了二十八年的时光锻造
这一幕惊动了整个宇宙
星星纷纷瞪大了好奇的眼睛

而此时，世上再无薛烛
人民才是唯一的品剑师
这位怀揣梦想的赤县诗人说
我们决不做李闯王
要恭敬面对江山
多多向人民讨教良方
一起来治愈山河的创伤

源：PPT 从头开始

这是一份精心制作的 PPT
用画面演绎一部传奇
想让枫桥经验这个剧本
在世人面前完整呈现

逆历史的水流而上
翻过《矛盾论》《实践论》的理论群山
理清十大关系的深奥逻辑
我要去追寻这传奇的源头

许多年前，一位来自湘江的青年
一手拿着清末年间的黄历
一手拿着《共产党宣言》
在指点江山中疼惜着江山
他在心中构思自己的四书五经

许多年前，在延安窑洞
他与黄炎培一起推演历史周期律
有了一个惊世的发现——
我们可以，而且一定能够
让人民起来监督
让人民当家作主
打破这循环不息的魔咒

发现这一点之后
他兴奋地走出黄土高坡
掸了掸身上的尘土
来到了北平城
天安门城楼响起了湘音——
雄鸡——一唱——天下白

乾：领袖的一帖良方

开国领袖的目光
是一只思想的巡鸟
在共和国上空盘旋
政党的理想与其领袖的胸膛
装得下整个寰宇
也足以装下千古恩怨

但江山内部隐藏着许多伤情
旧伤未愈新伤不断的祖国
如何能快快弥合群山的骨裂
迅速修复万川奔流的嗓音
必须开出一方新的中药
医治腰酸背痛的山河

开国领袖的目光
巡检过共和国的全部江山
他在搜寻扁鹊的后裔
查找李时珍留下的秘方
终于在枫桥看到了夺目的篇章

越中枫桥，於越古都
在纷争与怨怼的世界
为共和国研制出一剂良方
方子的名字叫枫桥经验

群众路线是它的君药
说服教育是它的臣药
调查研究是它的佐药
评审脱帽是它的使药
但不管气象如何变迁
无论病情轻重安危
人性温情是它唯一的药引子

坤：枫溪村陈友堂

这会儿，让我们从乾的高空
向坤的低处行注目礼吧

刚脱掉长工帽子的陈友堂
对着孤儿陈亚芳笑
陈亚芳便成了他的妻子
他向新世界投射出温良的目光
整个世界就成了他的亲人

这位出产于泥土的支书
与枫溪村的每一棵作物天然亲近
他知道戴着帽子不舒服
他要丢掉冤冤相报的规则
向旧世界的生灵投去稀有的关怀

他允许落魄的敌人争辩
用温情洗涤村里的每一颗旧灵魂

让旧县长设计村里发展的蓝图
为四类分子的后代开辟政治前程
给四类分子脱掉头上的旧帽子

他呼吸着新中国的空气
用一生的博大与磊落向世界昭示
一位基层共产党人的胸怀
装得下人类的全部恩怨

巽：工作队的书生

一九六三年，我还在混沌世界
他已经是工作队里的小秀才
在那场攻克橡皮碉堡的著名战役中
立下过汗马功劳
他文字里卷起的风在乾坤间回转

他用笔征战
笔中的子弹是爱与同情
他反复磨练的战术是以理服人

他是国家机器的一个小小部件
如果省委书记处书记是机床
如果省厅副厅长是马达
他不过是马达中的小小线圈

但共产党的磁场

就在这个线圈中回荡成风
风穿透了容膝斋的迷思
让大地主交出了变天账
一场战役终于取得全胜

见到他是在五十五年后的春天
在他面前，我不过一介小小书生
面对面听他讲枫桥传奇
我突然感到，两点一线
我与他串起的历史不长
但向后可追溯，向前可延伸
隐约可串起一部枫桥经验的史诗

兑：文脉枫桥

这里的山川可以分行入诗
所有的韵脚都用温婉的越音
动人的句子写也写不完
我用倒叙来勾勒风光

写到明清之交的时间关隘
陈老莲的画风吹至今日而不减劲道
写到元明之交的历史天空
王元章的墨梅香满江南
杨廉夫的铁笛吹醉整个文坛

再写到唐衢宋塔

诗句又拐过了隋代枫桥
可以在鹅鼻山燕子岩头
读到李斯碑上秦始皇的政治宣言

再写就要写到西施的美
写到吴越的征战
写到越绝书中那一大段春秋
我平庸的小诗就这样
因枫桥而得以返回诗经

这儿适于美学筑巢
也适于孵化温情的政治
待长出一对翅膀
就可飞向九州十国

震：三道警戒线

一位老人在南海边画了一个圈
他向圈里注入了胆量与勇气
中国的山河开始了新的沸腾
枫桥的工业骑上了时代骏马
步森、开尔、海魄让衣香满街
斯风酒散发出文化的醇厚
金银脆响让衣食富足
也诱发龃龉和纷争游走城乡

一天，壮年王水芳站在枫溪江畔

像一位再世的先知
目光穿透了紫薇山的雾岚
用他浓重的越音发出一道神谕——
要戴致富帽，先戴安全帽
于是，大家一齐动手
在田间村口，在街市店铺
拉起了三条警戒线

第一条叫小事不出村
王水芳们举起手中小宪法
消弭左邻右舍的一切口舌
精心保卫着祖传的禾香

第二条叫大事不出镇
全镇织造四前工作法
一群拆解矛盾的巧工匠
练就了春风化雨的神功

第三条叫矛盾不上交
以道德为经线
以法律为纬线
精心编织好一张全域安全网

这是一场保卫春天的行动
在新世纪迷人的门口
枫桥再次抬起文化自信的头颅
它的致富梦在酒香衣香里穿过

而它的平安梦在书香中绵延

离：之江开吉相

当新世纪的大门徐徐打开
之江来了新的领航员
钱塘江口的潮水更加澎湃
继东方日出之后
一部之江史开始书写新辉煌

穿过历史的惊涛骇浪
他驾着思想的红船来到枫桥
在枫溪江源头靠了靠岸
他触摸到四十年前的政治心跳
一网收尽历史的风云
他仔细研磨思想的原矿
提炼出纯金的句子——
不忘初心……

月晕知风，初润知雨
他梭巡浙山浙水
知道小康的劲风即将吹来
他要为浙江量身定制出港码头
好让平安梦从这里顺利启航
好让浙江百姓乘上复兴号游轮

十五载春秋留下许多故事

当平安中国的品牌向世界绽放光芒
我在杭州遇到一个摄制组
他们走进枫桥老杨调解中心
用磁性十足的京腔
与古朴的越音发生奇妙反应
他们观摩老杨的拿手好戏
精心拍摄人性的柔软
如何消解矛盾的坚硬

他们去了舟山
在咸涩的海风中
品味海上老娘舅微笑的力量
他们走进浙山浙水
仔细追踪历史的足迹
庄严地记录一个伟大的传奇
用的是崭新的标题——
人民的平安

真：红枫义警是一条富矿脉

在枫桥，惊现一座巨大的金矿
这座金矿的名字叫人民力量
它矿脉纵横，品位很高
超过南非，也超过招远
红枫义警是其中的一条

这条矿脉脱胎于某次热液的涌动

在新时代枫桥经验这场地壳运动中
一种叫群众的元素浓度渐高
与一种叫平安的元素起了化学反应
这场聚矿运动就发生在丁酉之夏
这条金矿脉开始在平安梦中蜿蜒

这是一场警务平民化的裂变
陈荣周和他的伙伴们
迅速聚合成平安枫桥新警力
每发现一个治安寒症
总有一种祛病的热液迅速抵达
在恰到好处的节点上与人民警察汇合

红枫义警，人间大爱酝酿已久
点点滴滴热情似火的故事
在枫溪江两岸百姓心中传颂
一股信念是金的力量
正从平安枫桥向平安中国蔓延

善：三上三下

这是一场小小的乡土实验
枫源村骆根土率领的这个团队
学名叫现代农民
他们精心研制村规民约
设计了一款新的播种机
品牌叫"三上三下"

墙缝里长出了许多民主的胚芽

这是一场可以载入史册的实验
村民从差序格局的螺旋中走了出来
带着泥土的芬芳
与十九世纪的托克维尔不期而遇
理性的光芒与人文的热情汇合
政党的理想与生命的体验交融

这是一场超越历史的实验
实验的结果用下列公式表达——
泥土的尊严不低于宝石
山野的尊荣与庙堂比肩

骆根土站在时间的村级制高点上
向大众解读村民代表大会的权威
向学者解读村规民约的法律意蕴
我在台下听他讲道
幡然醒悟，回眸发现
蜜一样的生活
已在枫溪江汨汨流淌

爱：一名资深警官的枫桥情

爱，是稀有元素
它孤悬于寂寞的宇宙
也时常游走人间

它吹到哪里
哪里就是生命的绿洲

一名资深警官发现
在枫桥，它的浓度高于周边
枫桥经验其实是爱的经验
他痴迷于对这现象的研究
致力于元素提纯工作
用它来营养枫桥经验这棵绿植
并一路带着它的种子走遍四方

时间在流转
在某个时间节点
不经意的一个华丽转身
让他重返久别的枫桥
他要用一生的爱来反哺枫桥
以及小城周边的田野

他为枫桥写下新歌词——
矛盾不上交，用爱来消化
平安不出事，用爱来护卫
服务不缺位，用爱来兑现

他请来作曲家
用美串起枫桥的山水旋律
让枫桥的一草一木听了都动情
他让枫桥的千年传奇

与现代生活完美嫁接
让家家户户结满小康的果子
让锦绣的人生从这里出发
合着爱的节拍
走向海角与天涯

跋：乡愁枫桥

这不是他乡
是我前世神秘的故乡
行吟的旅人在此放牧心灵
枫溪江畔，温热的诗句俯拾即是
小天竺里，如烟的乡愁氤氲缭绕

我来这里追寻精神的乡愁
枫桥经验这枚神奇火种
引我穿越人性的盲区
抵达人文思想的奇峰
看吧，西畴大队的橡皮碉堡
被人性的岩浆融化
钟瑛村水缸罩着的迷途羔羊
被乡间的稻香唤回了魂灵

穿过迷蒙的岁月
去追溯温润的故乡
我听到黄檀溪与白水溪交换着意见
水声编织着民主协商的风景

循着九里山耕读传家的书香
走进正义与秩序的诗行
在墨梅白梅的格律里
解读出警务为民的密码

这不是他乡
是我来生浩荡的故乡
让新月作证、春风作保
我愿做一名红枫映照的邻家警察
用脚步踩响平安的节律
我愿修炼全部余生
去铺陈爱的万古乡愁
续写远方心灵家园的风光

（原载《神州》2018 年 8 月下旬刊，收录于群众出版社 2018
年版《枫桥经验诗歌集》）

沈秋伟，1964 年生，浙江湖州人。职业警察，诗人。全国公安
文联诗歌分会副主席。2018 年获"中国公安诗歌贡献奖"。现供职
于浙江省公安厅。

大雪咒

张雁超

山顶点燃香烟的人制造了雪后第一颗星子
他多次向天空举起手掌将愤怒抽进北风
从脚边捡起一粒黑色的种子
他发现先于灵魂腐烂的是肉身
他们死于自己多孔的肘部，死在反锁的卫生间
死于廉价旅店无窗的房间，死在没被子的床上
他们是愈发油腻的烂衣裳，是不断发馊
扑向针尖的人。他们不断萎缩和消失
他抓获他们，他们在他面前许下承诺和誓言
然后他再抓获他们，抓获更多的他们
除了自我纵容而得的死亡
他无法按下任何暂停键
无边无际的白如天空一样四面铺
如同他得到上苍许可——一个老警察
可以退出战场了。他起身把退休证展开
用这张纸抽出一个虚无的耳光
他设想他打到了散播欲望者那空洞的面部

因此，他得到了职业生涯最沉重的回赠
一个叹息。北风如无数注射器，针尖飞舞
大雪白如他们成瘾的面孔
大雪白如海洛因

（原载《星星》下半月刊，2018 年第 1 期）

张雁超，1986 年生，云南威信人。云南省水富市公安局民警。云南省作协会员，全国公安文联诗词学会理事。曾获云南省"2017 年度作家"称号、第二届中国公安诗歌新人奖。出版有诗集《大江在侧》。

四月，燕山献上花篮

——在公安英烈墓碑前

徐国志

四月　北方冰雪融化
江河破碎铠甲　天地万物
都被春风拂动　树木僵硬的
枝条一寸一寸地柔软
最柔软的是小草　遥望中
一步一步地向你走来

四月　小草向墓碑围拢
胖乎乎的小手抚摸
墓碑上血一样的名字
四月桃花开了　杏花开了
还有梨花　樱桃　无数鲜花
举着芬芳　带着蜂蝶的簇拥
都赶往四月　赶往四月的墓地

在四月　八百里燕山
举起花篮　太阳和月亮
守护着白天和夜晚　星星

闪耀其间　都为这四月
为四月飘雨的清明

年年四月　岁岁清明
我们默哀在英烈的墓碑前
天空飘着雨　像拂不去的泪滴
我们和山峰一起垂首
我们与松柏一样守立

花瓣与雨滴一同飘洒
泪水和芬芳在心头涌起
一座座墓碑上的名字
在春风里传播
一粒粒种子在枝头孕育

在四月　在四月的细雨中
这些鲜红的名字把四月照亮
照亮山川河流和四月的祖国
燕山献上硕大的花篮
墓碑上的名字是一颗颗种子
播撒在春天里
春天的大地必将有一座座山峰屹立

（原载群众出版社 2018 年版《缅怀　致敬　前行》）

　　徐国志（1963—2018），满族，河北承德人。中国作家协会会
员。曾任河北省承德市公安局看守所副调研员、河北省公安文联作
家专业委员会（协会）副主席。鲁迅文学院首届公安作家班学员。

小说、诗歌等散见《诗刊》、《民族文学》、《星星》、《啄木鸟》等，并被收入《新时期中国少数民族文学作品选集》等多种选本。《高处的叶子》获全国诗歌大赛一等奖，《奥雷一号》获全国公安文学大奖赛三等奖、承德市第四届文艺繁荣奖，并曾获首届"热河文学奖"、《民族文学》诗歌奖。出版有诗集《行走的树》、长篇小说《奥雷一号》。

新时代放歌

李 皓

当镰刀和铁锤，五颗闪亮的星星热切相拥
一定会有激动的泪水，深情抚摸着我们的甜梦
而那喷薄而出的朝阳，一如爱的火花
把共和国的早晨，点染得幸福而又端庄

我们在阳光下，坦荡地交流和交谈
我们商议着怎样向祖国，交出我们无限的爱恋
以人民的名义，以亲人，甚至以一奶同胞的名义
把隐秘多年的思念和钟情，和盘托出

我们从巡逻的大路上走来，带着信念，带着责任
我们从执勤的社区走来，带着关爱，带着任务
祖祖辈辈的汗水，那是泥土里的黄金
而在我们自己的海洋上乘风破浪，何其雄壮

在冬天，我们总是依偎着那面旗帜取暖
我们看见鲜血，从 1921 年一直流到今天
我们从不言语，但我们深深记得先烈的叮咛

我们每走一步，都要打量一下暗夜的阴沟

踏着自信，踏着底气，我们走向四面八方
我们越走越快，我们把一带一路走得春意盎然
带着春风，带着雨露，我们走向五湖四海
我们的朋友越来越多，我们的命运已然趋同

细数七十载的汗水和泪水，母亲的身躯
依然伤痕累累，那挥之不去的风霜
有屈辱，有坚韧，更有永不气馁的担当
有民生，有家国，那是多么宽广的胸怀

革命的火种，燎原成一代代不屈不挠的生命
小米加步枪，把一个民族砥砺得坚如磐石
你看，"辽宁号"航母如流动的国土威震四方
你看，新型战机如海燕高傲地飞过天空和海洋

这支枪，是一支优秀政党指挥着的枪
它的准星，一直死死地瞄准着偷窥、蚕食和分裂
它的步伐多么矫健，金水桥的上空天高云淡
它的姿势多么威武，南中国海从此风平浪静

一切都是新的，像雨后山间初生的春笋
一切都是新的，像少女秘而不宣的纯情诗笺
一切都跟梦有关，我们在梦里咯咯地笑出声音
一切都跟理想有关，我们心怀善念从没有却步

这是一个最好的时代，我们在丰收谣里畅想更好

这是一个崭新的时代，告别贫穷我们永不忘初心
看啊，颗粒归仓的祖国早已面露健康的肤色
看啊，黄皮肤的政党把红色的真理一再传扬

叫一声"党啊"，喊一声"祖国"
我们自豪的泪水早已决堤，无语凝噎
而此刻，领袖的声音正穿过高山，越过大河
多么扬眉吐气，我们一下子就拥抱了整个世界

（原载《人民日报》2018年1月3日）

李皓，军人出身。文学硕士。资深媒体人。中国作家协会会员，辽宁省作家协会全委会委员、诗歌委员会秘书长。现居大连。

原谅我词语的苍白无际

——给余姚民警胡建江

翟营文

今夜，除了你负伤前行的身体
一切都显得轻
支撑不起这一刻的凝重
那些落地的月光，把一段追捕的路
拾给你，把信念和芳华拾给你
除了你带血的脚印，其他
都没有留下足迹
当一切安静下来，你的追击
是山河最好的舞蹈
离人民最近，离生命最近
我寻遍词语也燃不起火焰
甚至无法用照你的月光来照我
我是一个修炼文字的人
用你鲜血的温度绚烂山花
用你内心的辽阔驰骋理想
用你的无畏包裹肝胆
用你的激昂做我骨头里的誓词
原谅我吧，兄弟

原谅那些约定的涛声和雪花
此时才颤抖着落下来
今朝的月光为你落地生根
今朝的颜色点染了词语的苍白
而你淡然的一笑，却成为
高耸不动的青峰

（原载《警苑诗词》2018 年 3 月 21 日）

翟营文，中国作家协会会员，辽宁省作协理事、诗歌委员会委员、签约作家，营口市作协主席。出版有诗集《背靠亲人和万物》、《翟营文诗选》。

回忆之风在翻卷

——怀念战友祝选鹏

穆蕾蕾

春末的一滴雨
劈开时空，重重的
再次把记忆砸醒

往事复苏
一条蚯蚓带我
又走了一遍你的曾经

秦岭山脚下
故园太阳正好
油菜花的梦铺了一地
你的老父亲刚刚挑水走过
旧石板的缝隙中
几株青草刚刚消融完陈年的雪香
一切都那么生动
而你被定格成英雄

这高不可攀的名字

这更像是一个符号的称呼
怎么能代替真实，鲜活
而又生动的你

我一次一次被回忆的蚯蚓带领着
饮食往事的泥土
寻找你黑色名字上的一只蝴蝶
或者碑石缝隙下的一朵花
我寻找高尚的原因，不平凡的出处，
和一切生机之所在

回忆之风每翻卷一次
就有珍贵的种子落下来
粒粒写着的
不是说教与大话
而是你本身
你之所以成为英雄
是一种偶然机遇的造就

你之所以成为英雄
又完全是一种命里注定
因为这根本就是
——一个人内在对外在的战胜

无论你成为英雄
还是成为别的
你内在的动力
都注定会把你高高举起

故园里还有旧梦
你的老父亲已走在油菜花丛间
而我看见在他身后
坡这边的森林坍倒下去
柔软成一地麦田
而你捧着一怀书
捧着一脸的笑意
被身上的那件白衬衣映亮
仿佛天使从山顶吹下一枚
与众不同的蒲公英

夜色美丽，星空庄严
上帝一遍一遍地垂爱着
那些纯粹的人，认真的心

（原载群众出版社 2018 年版《致敬　缅怀　前行》）

穆蕾蕾，女，西安市公安局民警。中国作家协会会员。全国公安文联散文分会副主席。入选陕西省委宣传部"百优人才"扶持计划。鲁迅文学院第二十三届作家高研班学员。著有散文集《着火的词》、《声音的暖芒》，诗集《雪响》、《光盏里的蜜蜂》。曾获第八届冰心散文奖、第二届中国公安诗歌奖、第三届陕西青年诗人奖等奖项。

审判日

杨 角

【题记】2017 年 1 月 24 日，四川省泸县公安局交警
大队驻石桥派出所交通民警蔡松松在玄滩幸福水库为抢救
两名落水儿童，壮烈牺牲。

那滴最终剥夺松松生命的水
又回到水中
整座幸福水库若无其事，一脸平静
仿佛什么也未曾发生
仿佛它们从没杀害过一位英雄
今日清明，四川大太阳，丁酉的阳光
给玄滩古镇披上重孝
我要借太阳的十万把金剑
把一滴潜逃的水
捉拿归案

寒风过去，万物青翠，我谨以一片绿叶
一棵草根的名义，向春天提议：

将清明节改为审判日
让所有戴罪之水——潜逃的、包庇的
统统跪在大堤之内
向松松谢罪
向整个人类，谢罪！

（原载《人民公安报》2018 年 4 月 6 日）

我用心，是为了您放心

——枫桥见闻录

郑天枝

引 言

在春风送暖的温馨里
来到枫桥　用心感受着祥和
用双脚丈量复苏的万物
触摸赤子的情怀
传递美好真诚善良
枫桥的每一寸土地
都会向来到这里的每一个人
讲述那些平凡的坚守
那些感人的故事
就如此时拂面的清风
赞美　也如涓涓细流
那一抹温情让我感动
在枫桥的大地上
充满着诗意和希望　这是
一首生长在老百姓心坎里的歌
原野上蓬勃旺盛的坐标

是一道绚丽的彩虹

除了仰望　信念和责任

此刻被赋予新的血液

心与心紧握　因为爱所以选择奉献……

最暖的贴心人——全国优秀人民警察孙法均速写

"孙法均走到哪个村

哪个村的狗都不叫了。"

这是老百姓给予孙法均的最高褒奖

我不知这样的说法可不可以

和他荣获"全国优秀人民警察"的称号相提并论

孙法均　枫桥派出所副所长

从警十五年一直在最基层

与老百姓打成一片

被老百姓当作最暖的贴心人

他用双脚丈量民情

俯下身子　将心比心

他首先打开自己的心扉

用真诚赢得群众的信任

心与心的交流才能产生回流

涓涓细流汇入大海

才能波澜壮阔惊涛拍岸

一位老大娘

为孙法均点燃感谢的爆竹

那是因为孙法均不辞辛苦为她"正名"

多年前的粗心

姓孙的她被改姓了"沈"
户籍本上白纸黑字
几十年过去
她由小媳妇变成了祖母
那个错误却一直没有得到纠正
孙法均接手这个社区
走家串户中得知大娘的诉求
孙法均急大娘所急
马不停蹄　急事急办
当大娘接过"正名"后的户口本
泪水模糊了双眼
将户口本紧紧地贴在胸口

她是一名来自外乡的少妇
在枫桥这块热土创业
因为户口　已到读书年龄的儿子
却只能在校园外徘徊
她向孙法均求助
她在微信上发感谢信
感谢孙法均帮她"跑腿"
帮助她解决了儿子读书的大难题
微信上她和儿子在校门口的合影
是那样地快乐和满足

他是一名残疾人
因为行动不便造成残疾证过期
致使该享受的福利无法兑现
孙法均得知后

立即接过这个份外的活
多方协调　忙前忙后
他用真诚打开了关闭的大门
他用真情舒展了残疾人紧锁的眉头

在孙法均心中
始终有一种坚守与担当
群众的利益无小事
为民排忧解难理所当然
春风化雨　雪中送炭
孙法均心中装着一杆秤
民意为天　躬身前行
"责任在肩重千钧"
在光明与黑暗之间
他用心用情守护着百姓的安宁
那是一盏灯　一盏
为百姓的安危日夜不熄的灯
风雨无阻　无怨无悔
为了心中神圣的信仰
孙法均手握一把万能的钥匙
去打开一把把生锈的锁
给人希望　给人前行的力量……

"红枫义警"——枫桥镇最亮丽的"枫警"

岁月可以使旧貌变新颜
正如"枫桥经验"的历久弥新
在枫桥这块美丽的大地上

群防群治的探索如雨后春笋
传承与创新齐头并肩
他们始终目标一致
为了创建平安和谐家园
齐心协力　不辞劳苦
甘作维护社会安稳的螺丝钉

"红枫义警"是一支维稳的轻骑兵
红在枫桥　义在民间
敢于担当　乐于奉献
他们是社区民警的好帮手
他们都有一副火热的心肠
他们来自群众更了解群众心声
他们设身处地为群众排忧解难
他们把群众当亲人
他们怀揣着梦想和抱负
他们是一群可敬可爱的人

如今在枫桥
"红枫义警"家喻户晓
他们一路巡防
一路嘘寒送暖
一路睁大警惕的眼睛
他们用实际行动感召人
日益壮大的队伍
形成了凝聚力　向心力
不求回报　风雨无阻

这是什么样的情怀
支撑他们勇往直前
因为他们深深爱恋着这方热土
"红枫义警"流动的红旗
枫桥镇上最亮丽的一道"枫警"……

杨光照——枫桥经验代言人

说到"枫桥经验"
枫桥派出所退休民警杨光照
是一个绕不过去的闪亮"标牌"
是一面永不褪色的旗帜
几十年如一日
他将自己的一腔热血
将自己的全部爱恋
都毫无保留地献给养育他的土地
在老百姓的心中　杨光照
已成为枫桥经验的代言人

十八年军营生涯
一颗红心永向党
杨光照恪尽职守
屡立战功　红星闪闪
脱下军装穿上警服
杨光照在派出所一干就是二十多年
一顶草帽　一个公文包
一辆破旧的自行车
一件随时携带的雨衣

成了杨光照的"标配"
他用心走在辖区的每一条小道上
他用笑脸叩开一扇扇门
他用真情播撒爱的阳光雨露
滋润和谐的花朵茁壮成长
"浙江省优秀共产党员"
"浙江省人民满意'十大杰出民警'"
"全国优秀人民警察"……
这些沉甸甸的荣誉
是他用汗水和心血凝结的果实
是时间赠予的最好奖赏

退休后的杨光照
依旧穿着警服
只是没有了警衔标志
但国徽和盾牌
一直在他的心中矗立
警服　是他爱的延伸
穿上警服就意味着奉献和责任
"老杨调解中心"诞生了
退休后的杨光照以此为家
"访千家万户
说千言万语
吃千辛万苦
想千方百计"
这是他提出的调解方针
更是他一颗为民的拳拳之心的写照

杨光照　一个

被阳光照耀的人

怀揣着温暖的阳光

化作烛火点亮夜空

爱我所爱　随风入夜

他是一只春蚕

默默吐丝　只为

织就一张平安大网

护卫故乡的祥和安宁

让乡亲们的梦更加香甜

他的脚步　始终

穿行在枫桥这片热土上

老骥伏枥　他坚实的脚步

传递的是一颗金子般的赤子之心……

不是尾声

历史的车轮滚滚向前

"枫桥经验"这朵花常开常新

日新月异　弹指一挥间

五十五年过去

风尘仆仆　枫桥经验

始终是一面硕大无比的镜子

伟人的题词　至今

依旧闪烁着智慧的光芒

指引我们向前永不迷航

十五年前　习近平

赋予枫桥经验崭新的内涵

新的篇章需要新的思想引领
我们昂首阔步走进新时代
我们豪情满怀开创美好的未来

爱是无声的溪流
没有什么能比奉献更接近幸福
伸出你的手
献出我的爱
民意大如天　民情
一个被渐渐擦亮的词语
如同我们头顶的北斗
枫桥经验　是风向标　是指南针
在这个美好的年代
让我们找准最佳的位置
歌唱伟大的时代
在伟大的时代放飞最美的梦想……

（原载群众出版社2018年版《“枫桥经验”诗歌集》）

郑天枝，1957年8月生，安徽全椒人。湖州市公安局退休民警。曾任湖州市公安文联副主席兼市公安作协主席、湖州市警察协会秘书长，湖州市作家协会副主席。中国作家协会会员，中国报告文学学会会员。出版诗集9部、散文随笔集1部；在《人民文学》、《诗刊》、《啄木鸟》等发表作品200余万字。报告文学作品曾参加中国作家协会、中国报告文学学会、《人民文学》等组织的征文比赛，荣获三个金奖、四个一等奖。

芦花声声（组诗）

土曼河

【题记】2015 年 10 月 13 日，阿克苏公安局副局长买买提江·托乎尼亚孜带领民警和牧民进入拜城县山区搜查"9·18"案件暴恐分子。在骑马沿途寻找失散牧民时，他遭到暴恐分子偷袭劫持，被残忍杀害，壮烈牺牲，年仅五十一岁。天山铭记，买买提江·托乎尼亚孜以生命捍卫新疆的稳定和安宁。谨以此诗缅怀和纪念在历次反恐斗争中牺牲的警营兄弟。

一　芦花声声

拜城山中，一夜飞雪
寒崖天堑
峭壁的羊肠小道间，飘过一骑圣洁的云朵
他像秋田旁
那放眼无边迎风怒放的芦花
每一缕动情的飘散
都摄人魂魄、扣人心弦

那白色流淌的汗巾
是他颈项间义无反顾转身刚刚擦亮的涓涓誓言
每一抹都记录着
一个共产党人披星戴月的风雨兼程
那猩红缠结的丝带
是他掌心里牢不可摧燃烧着的炽热信念
每一焰都回响着
一名人民警察舍我其谁的忠肝义胆

那消失在茶马古道遥远驼铃声中的背影
从没有像今天如此清晰地走进这片贫瘠而富饶的土地
写进数百万屯垦戍边老百姓滚烫而愤怒的心里
买买提江·托乎尼亚孜
我们的兄长
我们不舍的亲人
你用大写的人生
谱写着生命无畏的忠诚
"我是警察""放开他们""冲我来"

血色芦花如朝霞冲破黑暗
绽放出清澈和蔚蓝
他把白马银霜一粒粒散布到天涯
那是阳光编织于大地最深情的一次凝望
每一根线条都听得见历史的骨骼在咯咯作响
每一次百感交集都数得清时间之河在心潮涌动澎湃
正义的凯歌终将战胜阴霾
宁静和祥和终将与叶尔羌河一般长流不息

"大风掀开了大地的皮肉，让真理露出白骨"
你以不朽的光芒洗濯昆仑脚下这片高天热土
让这处巍峨的地名重新生长出血肉
"为什么我的眼里常含着泪水
因为我对这片土地爱得深沉"
"花儿为什么这样鲜艳
它是用这青春的血液来浇灌"

英雄的胡杨啊
你用一个又一个千年不倒的身姿
托举起大漠戈壁四季多舛的春天
风沙中弥漫的芦花啊
你圈起的一汪清泉
湖面上荡起涟漪的天堂
有一朵白云正将晚风轻轻推向岸边

二　古老的祭奠

所有对等的倾诉
都可以那样持续燃烧了千年的方式
得以释怀或者妥协
我们没有理由拒绝春天的花蕾
彼此于夜空中交相绽放
它们为迷信的香火培植新土
抑或为笃定而虔诚的信仰无偿买单
就像女儿此刻轻轻依傍过来的手臂
突然给时间的坚韧以及正在渐次衰老的心脏

注入了某种神奇而绵薄的活力

这种柔软细腻而纯粹的传递

让一路积攒的风尘仆仆顷刻间烟消云散

清明的家书捎自远方

我仿佛听到了雨中每个字淅沥的应答

都历历在目谈吐有声

我依稀看到了芦花中那对送别的父子

相视而笑互道晚安

在光阴的长河里

每一朵前赴后继的浪花都是激流而上的勇士

在生命的祭坛前

每一缕上下而求索的香魂无不是无愧于天地的人间英雄

祭奠是一次注目一次凝望

一次微不足道小小而满怀深情的远行

因为温暖它们彼此燃烧经久千年

三　墙上的英雄

你面壁的无数春天

从牺牲那一刻开始

围城之外　此后的每一个冬季

因了你不舍昼夜的关注

而变得异常凛冽　而温暖

有限的台阶之上

已无人再为你驱尘打理寒衣

只有我

偶尔徜徉于记忆中的风暴

马不停歇　从天台一直吹向地面
再自你　从不肯卑躬屈膝的眼底
落满妖魔山最高的山顶

我只是想
经过眼前的这条河流
哪怕你　只能蜷缩在阴角的暗处
一动不动　长久地像一颗
生锈的螺钉　我也想近前
为你擦拭此生永不瞑目的双眼

老去的时候，我们不一定
能和你并列站在一起，但或许
我们可以，像雨后的鹅卵
一枚枚嵌入秋天，躺在
誓言默默相逢、视死如归的路上

（原载《新疆公安》2018 年第 4 期）

土曼河，本名吴庆友，1970 年生。新疆乌鲁木齐市公安局沙依巴克区分局民警。全国公安文联会员、诗歌学会理事。小说、散文及诗歌作品散见于《啄木鸟》、《人民公安》等。曾荣获公安部"梦想与共和国同行"征文二等奖、中国公安诗人年度奖。

四月，我走进了春天的内心（组诗）

——致"时代楷模"吕建江

苏雨景

访吕建江故居

在太行山下的支沙口村
高大的苦楝树上挂着几枚风干的浆果
四月的风一吹，就宿命地往下落
那些紫燕去了哪里
不复在梁间筑巢，石隙间
紫花地丁若无其事地盛开
仿佛一切都未曾发生

这空荡荡的院落
让我怀想当年的吕建江
那个被大山领养的孩子
怀想他穿越那些山路需要多少勇气
怀想他构筑起山一样的品格
需要多少灵魂的石头

走进春天的内心

你，把岩浆默默藏在体内
仅凭这一点，你这块太行山滋养的石头
就比招摇过市的人们深刻

你表达炽热的方式有多种
从军营到警营，从留村到安建桥
你终生都在不厌其烦地重复着那些细节
并借助那些细节，传递着自己的温度

直到你离开，人们在你的身后翻阅你
竟然有这么多人泪流不止
不是因为悲伤，而是因为走进了春天的内心

朴 素

浮华之中
你是一个以朴素见长的人

因为朴素，你才会在茫茫人海中
制造出不一样的风景
因为朴素，你才能心无旁骛
在并不肥美的土壤里种出春天

因为朴素，你才会夜以继日
向着终点进发

因为朴素，你才能在负重之后
有了轻灵之美

因为朴素，你才会义无反顾地爱着
内心丰盈，光阴安详
因为朴素，你才能抵达生命的极致
弦歌不辍，虽死而犹生

"请多给我几枚党徽"

你终于向组织伸了一次手
索要了几枚党徽，你想让它们
分属于春夏秋冬四套警服，你把它们
小心翼翼地别在警号 007798 的正上方
仿佛这小小的党徽
让你有了大地的坚实，天空的辽阔

春天，你蹲守了一个又一个长夜
那枚党徽，就是赋予你力量的正义之光
夏天，你搀扶起高架桥下的拾荒老人
那枚党徽，就是大雨也浇不灭的希望
秋天，你站在留村小学门前的路口
那枚党徽，就是照亮孩子归途的灯塔
冬天，你跋涉在寒风中
那枚党徽，就是温暖被大雪围困的人们的炉火

就是这枚小小的党徽啊
它让你成为了你自己

让你一步步走进了缓缓打开的人心
也让你成为了透明的琥珀，永远的星辰

一部大书

是的，安建桥只是城市的一角
却是你爱的全部，情怀的全部
有的人交游四海，依然是一纸苍白
有的人偏处一隅，却可以满目锦绣

借着春风，打开被你守护的街巷
打开这横平竖直的册页
默读你的每一个脚印
就是默读你写下的隐忍诗行

好一部大书啊——
那潜藏于字里行间的春汛
一次次将我淹没
仿佛我从齐鲁大地赶来
就是为了向你内心的春天致敬
向你身后的繁花致敬

（原载《人民公安报》2018 年 4 月 20 日）

苏雨景，女，生于 1970 年代初，山东无棣人。中国作家协会会员，全国公安文联理事，山东省作协签约作家。现供职于济南市公安局。

枫桥未远行

木 木

诸暨的北方
在一千三百六十五公里的交汇
薄纱朦胧的阳光
似若那溪轻起的仙雾
洒在我的窗外
将我的北方换作了南方遥远的枫桥

仰望五十五年前的敬意
我的心
已远行
呼吸是绍兴老酒质朴的微笑
脸庞是会稽山水清凉的慰藉
我的思绪在我的北方南方飞翔

温一壶西子的乡愁
品一曲街巷故里的哝语
我挽着热情的红袖子
好似挽起讲着外语的乡邻

从金水桥的华表越过　赳赳华夏的稻香
西施故里的温柔已化作绵绵的情
滋润着平安水乡

又是一个十五年的春天
加饭酒的醇香早已在枫桥包裹的溪水里
愈加地浓郁芬芳
那放下了钢枪　俯身担起了不安的村落
那淘换了怀疑　微笑承起了信任的枫桥
用和顺和美和谐的和字华章
传遍了江河湖海　而今
香榧树的根脉
又将那吴越的云袖做成了义字的旗帜
用义警义民义举
托起了新时代的民安

那个桂花飘香的枫溪江畔
旗帜在
未远行

（原载《法制日报》2018 年 6 月 4 日）

木木，女，本名任慧君。全国公安文联诗歌分会副秘书长。现供职于北京市公安局。诗歌、散文作品《白鹭》、《北方的海》、《枫桥未远行》、《悼英雄——送别人民英雄吕建江》、《盛世京秋》等刊登在《诗刊》、《啄木鸟》、《人民公安报》、《法制日报》等报刊。

对你说的，我都没忘

马艳峰

曾说要带你去往远方
可如今还未挪步
便已鬓染秋霜

曾说要带你去看海洋
眼下还未到海边
竟已暮色苍茫

曾说要驾车载你　天涯流浪
而今却晨慵午乏　寻故赖床

曾说要纵马泛舟　遍览世界
而今壮志犹存　却只可想想

曾说我会做美食　活色生香
如今你买洗烧汰　一人全当

曾说要为你置办　华服云裳

如今你一件旧衫　敝帚自藏

曾说要买房置院　栽竹种棠
而今却蜗居城隅　甘苦共尝

曾说要花前月下　与卿同赏
而今你因我当差　独倚孤窗

我以为你会满腹牢骚　满脸失望
谁知你目光清澈　全无炎凉

我以为你会偶尔唠叨　聊泄怨怅
谁知你舌开莲花　口含丁香

我写些无用的文字
人家说无足轻重　无关痛痒
可你说百年人生　千秋文章

我做些随性的闲事
别人说不务正业　不成正果
可你说百草百形　各花各样

我交些平常的朋友
无可能攀龙附凤　御风而上
可你说管鲍贫交　历久弥芳

我有些怪异的念头
别人说不可理喻　不太正常

可你说灵光乍现　奇思妙想

我喜欢当年的你
像一只灵巧的小鸟
依偎在我的胸膛
我更喜欢现在的你
像一条忠实的老狗
紧跟在我的身旁

对你说的　我都没忘
我以早晨的心态
筹划午后的时光

尽管　现在的我
只能在暗夜里
牵一牵你不复柔软的手
我只能在秋凉中
揽一揽你瘦削的肩膀

（原载《新时代诗典》2018 年 8 月 8 日）

　　马艳峰，1968 年生，山东郯城人。深圳市福田区作协主席团成员，深圳公安作协副主席，广东省公安文联会员，中国诗歌学会会员。1991 年 7 月至今在深圳市公安局机场分局工作。业余时间坚持写作，创作并发表了大量散文、诗歌、歌曲等。

那车灯，从月下的春天蜿蜒经过

李晓峰

【题记】每当看到夜里不眠的警灯，总会从心中生出
无法言说的酸甜。

天渐渐黑了下来
黑下来的春天里
大山才像一个汉子
从花丛中凸显出来

蜿蜒经过的车灯
抚摸着躺下来的山
从头到背，从腰到脚

黑暗中，花停止曳舞
让春天从容地躺下来
只有月色追着满山的花
还在营造俗透了的意境

白天的，都在安静

只有月，仍在追着花

大约是同早已鸣金的太阳

在较劲着什么吧

而车灯，只管上下游走着

在这黑下来的春天里

照亮走路的他或者她

而此刻，花睡了，山也睡了

暧昧了整日的春天小憩了

黑色，真的是绿到极致的色

（原载《诗选刊》2018 年第 9 期）

李晓峰，1965 年生，陕西省眉县公安局局长。陕西省作协会员，中国诗歌学会会员，全国公安文联会员。鲁迅文学院陕西中青年作家高级研修班学员。诗歌散见于《诗刊》、《星星》、《陕西日报》、《文化艺术报》等。曾两获陕西省作协、《延河》杂志"最受读者欢迎奖"，被评为 2018 陕西诗歌年度诗人。

生命的呼吸

——献给世界屋脊上的天路卫士

田 湘

铁通过火，锻成钢轨
制成一架天梯，就有了通天的路

从沱沱河到唐古拉，再到拉萨
这是火车在世界屋脊上的一段轨迹
也是你走过的。在海拔 5072 米的一个点上
你成为世界上站得最高的警察

高原，冻土，冰雪，狂风，零度以下
这些都不足惧，你最缺的是氧气
必须节省。生命脆弱得不堪一击
肺水肿用死亡的令箭夺去你的战友
如今又在威胁你，整整十年了
你是孤独的舞者，在严寒中与铁比刚强
在缺氧状态下练习呼吸，何等的浪漫主义

钢轨与火车是铁做的，而你不是
你只有一副肉身，可你头上的警徽

比铁还亮，映照着茫茫雪域和碧蓝天际

你在高原上行走，可你不同于火车
火车在奔跑，你却不能，困扰你的还是氧气
你的行走是世上最艰难的行走

你深入雪的冷，这苍茫大地凝固的血液，最干净的语言
雪是毁灭者，也是创造者，是生命之源
雪化成水，生命就开始流动，就有了呼吸
沱沱河孕育着最初的生命
催生了荒草、野狼和羚羊
勇者必定敢于在最恶劣的环境诞生
火车的出现是另一种生命奇迹，是另一道风景
而天路的守护者，你离天堂最近，是另一种神
那傲世的雄鹰，正携着你的灵魂在飞

（原载《中国铁路文艺》2018 年第 12 期）

田湘，1962 年生于广西河池。南宁铁路公安局政治部主任。中国作协会员，广西作协副主席、诗歌委员会主任，中国铁路作协副主席，全国公安文联诗歌分会副主席兼秘书长。《公安诗人》杂志主编，广西首届文化名家暨"四个一批"人才。著有《田湘诗选》、《雪人》（汉英双语版）、《练习册》等诗集七部及配乐朗诵诗专辑。作品散见国内主要刊物，入选多种诗歌年鉴，并多次获奖。

有一种警察叫漳州 110（外一首）

沈 国

哪有什么岁月静好
不过是有人正替你负重前行。他走在钢丝绳上
深信世上有一台时光机，记录这一切
哪有什么该与不该
不过是法与情的碰撞。他守着四方盒子
深信总有一滴涂改液能把人心改好

他总是空出一只手来，划出平安岛与斑马线
再除除杂草，夯夯路基，顺手拣掉小石头

也习惯把路背在肩上，忘了自己是路人
也需要风景、温度、人民
安置这颗长于黑暗角落，梦想着发光的心
他习惯守夜，像诗人一样敏感感应万物关系
然后消失在行道树间，只拥有星光做的数字
民主路、水仙大街、胜利路静得如此宁馨

已经到了最危险的时候，他检查了一下灯丝

用肩膀把熔断的接上

老死不相往来的灵魂　今夜他把内心拨出光

照亮迷路的人类关系

当社会得了偏头痛或戴了紧箍咒

他依然默默地拉出脊梁

用火的声音做了药引

（原载《福建日报》2019 年 4 月 30 日）

警察心中那场殇

沈秋伟

【题记】一个电话，唤醒了深埋在心底的一段回忆。一直未能侦破的 1994 年五岁女童被害案，最近通过 DNA 比对终于告破。现场周边住户分布图，当年系笔者所画。这个打来核实求证的电话，把笔者的思绪拉回到了二十五年前的案发现场——

一

一九九四年初秋
被害的小婷五岁
花骨朵才露细尖尖
竟被残忍掐断
想必恶魔已混入人间

恶魔是一只狂蜂
为了掠夺尚未酿好的初蜜
横征暴敛

竟捣毁了整个花房

在场的我们都是有罪的
整个人类也是有罪的
看护不严，犯下
严重的渎职罪

二

这里是 H 村
紧傍 318 国道
还有乳名叫颀塘的湖申航道
还在小婷这个年纪时
我曾多次从塘南摆渡到 H 村

如果时间可以倒流
我愿意返回童年
做一位护花使者
让她银铃般的笑声
响彻颀塘两岸

假设小婷还在
她今年正好芳龄三十
也许已随流水嫁到上海
拥一对儿女
有一位顾家疼她的爱人
生活甜蜜成大白兔奶糖

三

颐塘两岸住着我的部落亲人
小婷死了，等于
我部落的亲人死了
我要把那个仇人揪出来
交给我的部落审判
在国道边，判他骨头成齑
在运河旁，判他落水成鬼

四

我手绘一张现场分布图
画下每户人家的叹息
每一条小河小汊的心痛
在国道边，为小婷画上新坟

画图时，我只在想
黑手你躲在哪里
我要循着弯曲的小道
去追击你该死的魔影

可叹我技不如人
如今我两鬓染霜
魔鬼还在云外逍遥
此恨绵绵，让我咬牙切齿

五

H村早已变成市场
渔船兜的橹声湮灭于金融
帽子兜里已找不到乡愁
北桥头的犬吠
已被机器的轰鸣压制

金钱是麻醉剂
年复一年
树叶子又长出了新绿

六

这些年，我人生倥偬
离愧疚之地已越来越远

而在时间的背面
还有一群警察兄弟在跋涉
隐约听到DNA里的哭声
他们循证追踪
终于揪着罪恶的尾巴
将恶魔揪回到一九九四

七

我欣喜若狂

向我的局长兄弟
发去信息，表达敬意

我也想通过这首诗
告诉离家已久的小婷——
恶魔已除，不必感到害怕
双亲已老，请速返回省亲
如果回来时找不到炊烟
也不必担心
我手绘图上的风物如旧
可以领你回家

八

今天两名老家刑警赶来
向我求证图中细节
当年我图上的植物
全部苏醒，兴奋不已
纷纷开口说话，告诉我
它们也盼着小婷回家

（原载《人民公安报》2019 年 5 月 18 日）

忠诚：被内心反复造访的词（组诗）

苏雨景

忠诚的材质

冶炼后的黄金，嵌于肉身中
它们不动声色
光芒便穿透了我
我紧闭的喉咙有了表达之欲
代他们吐出它——
一个警察诗人自诩的使命
为此，我反复思量
如何朝着那些幽深的纹理
层层掘进

忠诚的性格

有时，是夜晚的灯火
有时，是白昼的虚门
有时，是长缨在握的厮杀
有时，是轻抚人心的梵音

有时，心爱地把一切抱在怀里
有时，决绝地把所有抛在身后
有时，是天上的一轮圆月
有时，是人间的一场别离
所以啊
有时，是感时花溅泪
有时，又是恨别鸟惊心

忠诚的细节

你拐过街角
有人看到了你眼睫上的细雪
你站在马路中央
有人记下了你背后的汗渍
你转过身，藏起泪水
影子出卖了你抖动的双肩
你仰起脸，一言不发
阳光放大了你内心的喜悦
你，人群中最内敛的一类
心中却隐藏了十万只呼啸的鹰

忠诚的词性

它不是名词
它有电光石火的刹那
飞蛾扑火的瞬间
它不是动词
很多时候，它是墓碑上的姓名

长眠一隅的惊雷

它不是形容词

甚至非词。更像是一座祭坛

不断地被默念，被信奉

人们从这里带走的

不是一个概念，而是一尊图腾

被忠诚照亮

一想到这个词

他们就戎装整齐地列队而来

暮春的落英

被他们的马蹄溅得火花四射

马蹄过处，大路辟开芳香的草木

一个小女孩欢快地俯身捡拾

她鲜嫩欲滴的小手上

那些凋零正肩并着肩

聚在一起，仿佛一点点春风

就能把它们再次引燃

（原载《人民公安报》2019 年 5 月 31 日）

草原之子

——写给"中国福尔摩斯"乌国庆

许 敏

春天，你又一次将目光
越过燕山
越过长城，飞往
八楞罐牧场——
一匹马在没有障碍的狂野里
奔跑，羊群那么温顺
像一缕星光，在草地上匍匐

你说你小时候
上过私塾，认识不了几个蒙文汉字
没见过汽车，看不懂钟表
是一枚党徽培养了你，让你
走出草原，获取语言、知识和信仰
你经历了太阳与烈火的洗礼
练就了精准制导驱魔除恶的技艺
你说你饮水思源
心怀感恩，祖国才是你
全部的疆域，是你万马奔腾的草原

圣洁，壮美，阔大
闪耀着母亲的光辉

从一粒种子到参天大树
你扎根共和国的沃土
大地如此安详，
马头琴和长调，让爱
绵长，坚韧。即使满头白发
此情不会苍老。而警徽
是灯火，与心中
的信念有关。这是
一只鹰的心跳，勇者无疆！

回望万家灯火，你的身影
是一尊雕像，作为草原之子
飞翔是生命，是你不可抽身而去的忠贞

（原载《光明日报》2019 年 7 月 22 日）

岁月的种子

艾诺依

一

我不呼唤你的名字
只是书写沸腾在血液里的长江黄河，滚滚春潮万里涌动
帕米尔高原的群星闪耀着
东海的碧波荡漾

我不感叹你的博大
只是热爱奔跑在北国的银装、南疆的春色
竹楼前如水的月光，覆盖
大草原的羊群，戈壁滩的骆驼，
海岸边的渔网

我不思念你的旧颜
只是革命燎原映红了工农武装
穿越在时空轨道上的中国制造，点亮
长河里的华夏文明
五千年的岁月，勾勒出顽强不屈的中华理想

镰刀收割了金色的希望
铁锤锻造无数坚定的信仰

屹立在新时代的肩膀
藏蓝色仰望着未来的方向

二

是谁站成一棵树，守卫着土地的平安
是谁融为一滴水，流汇成乡亲的希望

是谁，用云南白药一次次缝合露骨的伤口，那"五四式"
陈旧的弹壳
依然还在冰雪中沉吟

是谁，把警笛的蜂鸣变成人类心扉里的佳音
沟壑泥泞的泽洼处剖开了豺狼的祸心
目视了仇恨也哀洗了亡灵的泪痕

是谁，危险来临时举起信念铸就的金色盾牌
是谁，挥汗呐喊握紧了担当锻造的青色钢枪

是谁与法治同行，捍卫着党纪国规的尊严
是谁与祖国同在，守卫着千家万户的安宁

是谁举起燎原之火，为这片土地守护着春秋
是谁用一卷蓝图展开七十年的眉头

繁华的城市，是发光的灯
荒凉的僻壤，是暖怀的山

平凡如一滴水
却折射出藏蓝色的无限光辉
普通如一粒沙
却支撑起共和国的平安大厦

三

七十年翱翔，七十年热泪
七十年峥嵘岁月，把足音汇集
最有力的合奏

七十年的荆途，七十年的光辉
七十年的英魂凝聚不朽的丰碑

以其古朴与雄浑，悲壮与神圣
凝结成茁壮的血之根
闪烁在万古苍原之上

七十年，用生命换来和平
七十年，用艰苦换来安康
我们远离炮火
却从未熄灭对黑暗的持戟长啸
我们告别战争
却一直持续和罪恶的殊死搏斗

观河沙沉沉，积淀多少记忆
历史的宏伟，尽情涂染十月的阳光
我开始把自己当作一粒种子
用生命种植在祖国的土地上

看雄鹰啸傲，大雁列队
辉煌的纪元，用苍劲的大手
唤醒拂晓的沉默
抒写新征程的无限风光

（原载《诗刊》2019 年第 8 期）

艾诺依，女，1990 年生。北京铁路公安局民警。中国作家协会会员，鲁迅文学院第三十六届高研班学员。《读者》新媒体签约作者。2017 年开始发表作品，散见于《中国作家》、《诗刊》、《人民日报》、《光明日报》等。散文集《且来花里听笙歌》入选中国作协少数民族重点扶持项目。曾获冰心散文奖、《读者》新媒体年度最受欢迎作者奖等。

提 审

詹用伦

他们在谈论
一个女人的骨头和茅厕的砖头
卷宗内的文字
蛆虫一样，从手中爬出

提审室内，空气有
不同密度
"问"在空中盘旋
我点燃一根烟，吐出滚动的烟圈

"你的女儿天天哭着要你"
大雨滂沱，"答"已山体滑坡

"合伙偷窃是我弟弟……"
（事后，我无力阻止她被劳教一年）

二十多年过去了
每枚按下的手印上都开着

一朵曼珠沙华
青石般湿滑的眼神更加光滑
我小心走着
凹陷的眼眶，形如手铐

（原载《诗歌月刊》2019 年第 9 期）

詹用伦，1967 年生，安徽合肥人。全国公安文联诗歌分会理事，安徽省作家协会会员。诗歌散见于《诗刊》、《诗歌月刊》、《人民公安报》等报刊。有诗歌入选《中国新诗百年大系（安徽卷）》。曾获"桃花潭杯"世界华语诗歌大赛二等奖等奖项。

在金达莱的天空下

——随公安作家赴吉林延边采风有感

萧晓红

江头，江尾
长相望难相见
是他们的故事

我住岸左，你住岸右
同享
绿水一涧长清

听得到你的呼吸
看得到你眼眸颜色
度得出你步幅
却无法掬到你忧伤
占据你的张弛

太阳下
月色里
你成了沿河巡游
永恒的风景

相见争如不见
只赚相思成灰

我不再关心何时天蓝
何时水绿
何时山海成景
我只关心你心里住着谁

你一定知道
在太阳和月亮的光影里
能挽臂
能交颈
脚边鱼儿的比肩遨游
永是眼底的憧憬

当杜鹃燃满山山
你可知道
那声声呼语，都是喜悦的祈颂
当金达莱香飘天外
你可知道
那阵阵芬芳，都是平安幸福的吟唱

（原载《人民公安报》，2019 年 10 月 11 日，原题为《永恒的风景》）

萧晓红，女，笔名晓潇、睿希，湖南人。1996 年毕业于北京师范大学研究生院（文艺学）。曾在《文学评论》、《文艺评论》、《当代文坛》、《中华读书报》、《博览群书》等核心刊物发表多篇专业论文和文学评论；在《三联生活周刊》、《中国新闻周刊》、《人民公安报》、《广州文艺》、《新地文学》等发表过诗歌、散文、随笔和小说等。多年从事出版工作，现为中国人民公安出版社编审。

附录

主要参考书目

1. 《中国当代公安题材文学作品选》，李文达主编，中国人民公安大学出版社，1992 年 11 月第 1 版

2. 《中国当代公安文学史稿》，高涧平、张子宏、于奎潮著，群众出版社，1993 年 9 月第 1 版

3. 《中国公安文学作品选讲》，杜元明主编，警官教育出版社，1996 年 2 月第 1 版

4. 《无铃的马帮（当代中国公安文学大系——中篇小说第一卷）》，《当代中国公安文学大系》编辑委员会编，群众出版社，1996 年 10 月第 1 版

5. 《傍晚敲门的女人（当代中国公安文学大系——中篇小说第二卷）》，《当代中国公安文学大系》编辑委员会编，群众出版社，1996 年 10 月第 1 版

6. 《无悔追踪（当代中国公安文学大系——中篇小说第三卷）》，《当代中国公安文学大系》编辑委员会编，群众出版社，1996 年 10 月第 1 版

7. 《埋伏（当代中国公安文学大系——中篇小说第四卷）》，《当代中国公安文学大系》编辑委员会编，群众出版社，1998 年 5 月第 1 版

8. 《神圣的使命——〈当代中国公安文学大系〉短篇小说第一卷》，《当代中国公安文学大系》编辑委员会编，群众出版社，1996 年 10 月第 1 版

9. 《同船过渡——〈当代中国公安文学大系〉短篇小说第二卷》，《当代中国公安文学大系》编辑委员会编，群众出版社，1996 年 10 月第 1 版

10. 《献上一片安宁（当代中国公安文学大系——纪实文学第一卷)》，《当代中国公安文学大系》编辑委员会编，群众出版社，1998 年 2 月第 1 版

11. 《"金盾文学奖"获奖作品集 1995 卷》，公安部宣传局编，群众出版社，1998 年 6 月第 1 版

12. 《"金盾文学奖"获奖作品集 1996 卷》，公安部宣传局编，群众出版社，1998 年 7 月第 1 版

13. 《"金盾文学奖"获奖作品集 1997 卷》，公安部宣传局编，群众出版社，1999 年 1 月第 1 版

14. 《"金盾文学奖"获奖作品集（1998 年卷)》，公安部宣传局编，群众出版社，2000 年 7 月第 1 版

15. 《金盾文学奖获奖作品集 2000 年卷》，公安部宣传局编，群众出版社，2001 年 7 月第 1 版

16. 《2003 年金盾文学奖获奖作品集》，公安部宣传局编，群众出版社，2004 年 5 月第 1 版

17. 《"金盾文学奖"获奖作品集（2005 年卷）上、下》，公安部宣传局编，群众出版社，2006 年 3 月第 1 版

18. 《"金盾文学奖"获奖作品集 2007 年卷》，公安部宣传局编，群众出版社，2008 年 3 月第 1 版

19. 《金盾文学奖获奖作品集（2009 年卷)》，公安部宣传局编，群众出版社，2010 年 5 月第 1 版

20. 《第十一届金盾文学奖获奖作品集》，公安部宣传局编，群众出版社，2013 年 10 月第 1 版

21. 《第十二届金盾文学奖获奖作品集》，公安部宣传局编，群

众出版社，2015 年 1 月第 1 版

22.《第十三届金盾文学奖获奖作品集》，公安部宣传局编，群众出版社，2018 年 9 月第 1 版

23.《公安文学六十年作品精选 1 小说卷》，公安部宣传局编，群众出版社，2009 年 9 月第 1 版

24.《公安文学六十年作品精选 2 小说卷》，公安部宣传局编，群众出版社，2009 年 9 月第 1 版

25.《公安文学六十年作品精选 3 小说卷》，公安部宣传局编，群众出版社，2009 年 9 月第 1 版

26.《公安文学六十年作品精选 4 报告文学卷》，公安部宣传局编，群众出版社，2009 年 9 月第 1 版

27.《中国刑警（一）》，公安部刑事侦查局编，群众出版社，2018 年 12 月第 1 版

28.《中国刑警（二）》，公安部刑事侦查局编，群众出版社，2019 年 5 月第 1 版

29.《中国刑警（三）》，公安部刑事侦查局编，群众出版社，2019 年 8 月第 1 版

30.《中国刑警（四）》，公安部刑事侦查局编，群众出版社，2019 年 11 月第 1 版